中等职业学校规划教材

JINGXI HUAGONG SHIYAN

精细化工实验

王娟娟　主编　　杜淑亭　主审

化学工业出版社

·北京·

精细化工实验是化工类各专业的重要实践性教学环节。本书以提高实验者制备产品的技能为宗旨，在保证基础实验的同时，突出了适用性和先进性，注重提高仪器设备的利用率和降低药品材料的消耗量，力求用通用仪器代替专用仪器，用工业品代替化学试剂，合成兼顾配制和测试，并以用途为主导。本书所选的内容既较全面地涵盖了常见的精细化学品，又兼顾到各校的精细化工实验条件。通过本书的学习，可提高学生的实验操作技能和解决问题的能力，并掌握较多的精细化学品制备技术，为将来从事化学品的生产等打下坚实的基础。

本书可作为中等职业学校精细化工、化学工艺及相关专业的教材，也可作为相关企业培训的实验参考书。

图书在版编目（CIP）数据

精细化工实验/王娟娟主编． —北京：化学工业
出版社，2010.10
中等职业学校规划教材
ISBN 978-7-122-09253-3

Ⅰ．精…　Ⅱ．王…　Ⅲ．精细化工-化学实验-专
业学校-教材　Ⅳ．TQ062-33

中国版本图书馆 CIP 数据核字（2010）第 146157 号

责任编辑：提　岩　蔡　毅　　　　　　　装帧设计：张　辉
责任校对：宋　夏

出版发行：化学工业出版社（北京市东城区青年湖南街 13 号　邮政编码 100011）
印　　刷：北京市振南印刷有限责任公司
装　　订：三河市宇新装订厂
787mm×1092mm　1/16　印张 3½　字数 81 千字　2010 年 9 月北京第 1 版第 1 次印刷

购书咨询：010-64518888（传真：010-64519686）　售后服务：010-64518899
网　　址：http://www.cip.com.cn
凡购买本书，如有缺损质量问题，本社销售中心负责调换。

定　　价：10.00 元　　　　　　　　　　　　　　　　版权所有　违者必究

前　言

　　精细化工实验是精细化工专业的必修课，也是其他化工类专业的实践课。通过本课程的学习，可以使学生的实验操作技能和解决问题的能力有较大的提高和增强，并掌握较多的精细化学品制备技术，为将来从事化学品的生产等打下坚实的基础。

　　为适应国家精细化工行业的发展，全国很多职业院校都开设了精细化工专业。目前适合职业院校的精细化工实验教材较少，而且精细化学品门类多，各校精细化工专业发展方向又各不相同，为此，我们总结了多年的精细化工实验教学经验，编写了这本书。书中所选的内容既较全面地涵盖了常见的精细化学品，又兼顾到各校的精细化工实验条件。本书的主要特点如下。

　　(1) 在保证基础实验的同时，突出了适用性和先进性。

　　(2) 注重提高仪器设备的利用率和降低药品材料的消耗量，力求用通用仪器代替专用仪器，用工业品代替化学试剂。

　　(3) 以提高实验者制备产品的技能为宗旨，合成兼顾配制和测试，并以用途为主导。

　　本书由陕西省石油化工学校王娟娟任主编，杜淑亭任主审。靖边职教中心的雷俊侠参与了部分章节的编写工作。此外，本书在编写过程中还得到了陕西省石油化工学校相关老师的大力支持和帮助，在此表示衷心的感谢。

　　由于时间仓促，编者水平有限，书中不妥及疏漏之处在所难免，恳请广大读者提出宝贵意见，以便完善。

编　者

2010 年 7 月

目　录

第一部分　实验基础知识

精细化工是一个专业性很强的专业，因此在开设精细化工理论课的同时，又开设了精细化工实验。

一、实验的目的

（1）使学生在前修实验课的基础上，进一步巩固和提高实验操作技能和现代化仪器设备的使用能力。

（2）培养学生综合运用前修课程的知识，正确观察、思考和分析实验过程。

（3）使学生养成理论联系实际的作风，实事求是、严格认真的科学态度与良好的工作习惯。

二、实验的要求

1. 充分预习

实验前要充分预习教材，同时查阅手册和参考资料，记录各种原料和产品的物性数据，并写出预习报告。实验时教师要提问，没有写预习报告者和提问时回答不出问题者不得进行实验。

2. 认真操作

实验时注意力要集中，操作要认真，仔细观察各种现象，积极思考，注意安全，保持整洁，无故不能擅自离开实验室。

3. 做好记录

学生必须准备一本实验记录本，及时而如实地记录现象和数据，以便对实验现象做出分析和解释。必须养成随做随记的良好习惯，切不可在实验结束后补写实验记录。

4. 书写实验报告

实验结束后应写出实验报告，其内容可根据各个实验的具体情况自行组织。一般应包括：实验名称、实验目的、反应原理和方程式、原料规格和用量、操作步骤、结果与讨论、意见和建议等。报告应力求条理清楚、文字简练、结论明确、书写整洁。

三、实验室注意事项

（1）必须遵守实验室的各项规章制度。听从教师的指导，尊重实验室工作人员的职责。

（2）实验过程中应保持桌面和仪器设备的整洁；应使水槽保持清洁畅通，严禁在水槽内乱丢废弃物；废物和垃圾应投入专用的废物箱内；废酸和废碱液应小心地倒入各自的废液缸内。

（3）爱护公物，注意节约水、电、煤气和药品。

（4）实验完毕后，值日生应做好清洁工作，检查水、电、煤气是否关好。在得到教师同意后才能离开实验室。

四、实验室安全

（1）安全用电。一切电器设备必须有良好的绝缘，外壳应接地，不能用湿手进行操作。安装仪器设备或连接线路时，应最后接上电源；拆除实验装置或线路时，应首先切断电源。

（2）实验室使用低沸点易燃有机溶剂（如乙醚、丙酮、乙醇、苯等）时，不能直接用火回热，并应远离火源。一旦着火应用泡沫灭火器灭火。

（3）许多有机化合物会通过人体的皮肤、呼吸道与消化道逐渐浸入血液系统以至全身各部，从而引起各种疾病。如苯对肝和肾脏有害，使红细胞和血小板下降；苯酚对皮肤和黏膜有强烈的腐蚀作用；三氯甲烷对肝、肾有特殊毒性；硝基苯、苯胺等可与血红蛋白结合产生中毒症状；联苯胺、2-萘胺、亚硝胺等均属于致癌物质，因此操作时要特别注意。

（4）气体钢瓶的主要危险是爆炸和漏气，所以钢瓶应牢固地安放在阴凉、通风和远离电源的地方。使用氧气钢瓶时应仔细检查阀门是否良好，并做好防护工作，以防事故发生；氢气钢瓶应离电气开关 2m，与氧气钢瓶不能同时存放；氧气钢瓶的阀门和出气口绝不可被油脂或其他易燃有机物沾污，以防燃烧爆炸。钢瓶内气体不可用尽，一般要保持钢瓶内压力为 $(9.8 \sim 19.6) \times 10^5 Pa$，以免重新灌气时发生危险。

（5）有腐蚀性或有毒气体产生的实验，应在通风橱内进行；产生的气体必须用吸收装置吸收。

第二节　精细化工实验常用技术

一、加热

在室温下，某些反应难于进行或反应速率很慢，为了加快反应速率，通常需要加热。有机物质的蒸馏、升华等也需要加热。下面介绍几种常用的加热方法。

1. 直接加热

物料盛在金属容器或坩埚中时，可用电炉直接加热容器。玻璃仪器则要通过石棉铁丝网加热，如果用电炉直接加热，仪器容易因受热不均匀而破裂，其中的部分物料也可能由于局部过热而分解。

2. 水浴锅加热

加热温度不超过 100℃ 时，最好用电热水浴锅加热。加热温度在 90℃ 以下时，可将盛物料的容器部分浸在水中（注意勿使容器接触水浴底部），调节水浴锅的电阻把水温控制在需要的范围内。如果需加热到 100℃ 时，可用沸水浴。

3. 油浴加热

加热温度在 100～250℃ 时，可以用油浴。油浴的优点在于温度容易控制在一定的范围之内，容器内的反应物受热均匀。油浴的温度应比容器内反应物的温度高 20℃ 左右。

常用的油类有液体石蜡、豆油、棉籽油、硬化油（氢化棉籽油）、甘油、导热油等。新用的植物油加热到 220℃ 时，往往有一部分分解而冒烟，所以加热以不超过 200℃ 为宜，用旧以后，可加热到 220℃。药用液体石蜡可加热到 220℃，硬化油可加热到 250℃左右，导热油可加热到 280℃左右。

用油浴加热时，要特别当心，防止着火。当油的冒烟情况严重时，即应停止加热。万一着火，也不要慌张，可先关闭加热电器，再移去周围易燃物，然后用石棉板盖住油浴口，火即可熄灭。油浴中应悬挂温度计，以便随时控制温度。

加热完毕后，把容器提离油浴液面，仍用铁夹夹住，放置在油浴上面。等附着在容器外壁上的油流完后，用纸和干布把容器擦干净。

4. 砂浴加热

砂浴使用方便，可加热到 350℃。一般用铁盘装砂，将容器半埋在砂中加热。砂浴的缺点是砂对热的传导能力较差，砂浴温度分布不均，且不易控制。因此，容器底部的砂层要薄些，使容器易受热，而容器周围的砂层要厚些，使热不易散失。砂浴中应插温度计，且温度计的水银球应紧靠容器。使用砂浴时，桌面要铺石棉板，以防辐射热烤焦桌面。

5. 电热套加热

电热套使用安全方便，温度可控（室温～350℃），加热均匀，是精细化工实验室最常用的加热设备。电热套一般有两种：一种是通过调节电阻控温（适用于温度要求不严格的加热）；另一种是与控温仪联用，通过触点温度计控温（适用于要求精密控温的加热）。不同型号的电热套，使用方法有所不同，使用时可参照说明书操作。

二、冷却

有些反应为了把温度控制在一定范围内，常需要适当进行冷却。最简便的冷却方法是将盛有反应物的容器适时地浸入冷水浴中。

某些反应需要在低于室温的条件下进行，则可用水和碎冰的混合物作冷却剂，其冷却效果比单用冰块好，因为它能和容器更好地接触。如果水的存在不妨害反应的进行，则可以把碎冰直接投入反应物中，这样能更有效地保持低温。

如果需要把反应混合物保持在 0℃下，常用碎冰（或雪）和无机盐的混合物作冷却剂。制冰盐冷却剂时，应把盐研细，然后和碎冰按一定比例均匀混合。

三、回流

许多精细化工反应需要使反应在较长的时间内保持沸腾才能完成。为了防止蒸气逸出，常用回流冷凝装置，使蒸气不断地在冷凝管内冷凝，返回反应器中，以防止反应物逸失。为了防止空气中的湿气侵入反应器或吸收反应中放出的有毒气体，可在冷凝管上口连接氯化钙干燥管或气体吸收装置。有些反应进行剧烈，放热很多，或反应速率太快，如将反应物一次加入，会使反应失控而导致失败。在这种情况下，可采用带滴液漏斗的回流冷凝装置，将一种试剂逐渐滴加进去。也可根据需要，在烧瓶外用冷水浴或冰水浴冷却。为了使冷凝管的套管内充满冷却水，应从下面的入口通入冷却水。水流速度能保持蒸气充分冷凝即可。进行回流操作时也要控制加热，蒸气上升的高度一般以不超过冷凝管的 1/3 为宜。

四、搅拌和振荡

在固体和液体或互不相溶的液体进行反应时，为了使反应混合物能充分接触，应该进行强烈的搅拌或振荡。此外，在反应过程中，当把一种反应物滴加或分批小量地加入另一种物料中时，也应该使二者尽快地均匀接触，这也需要进行强烈的搅拌或振荡，否则，由于浓度局部增大或温度局部升高，可能发生更多的副反应。

1. 人工搅拌和振荡

在反应物量小，反应时间短，而且不需要加热或温度不太高的操作中，用手摇动容器可达到充分混合的目的。也可用两端烧光滑的玻璃棒沿着器壁均匀地搅动，但必须避免玻璃棒碰撞器壁。若在搅拌的同时还需要控制反应温度，则可用橡皮圈把玻璃棒和温度计套在一起。为了避免温度计水银球触及反应器的底部而损坏，玻璃棒下端宜稍伸出一些。

在反应过程中，回流冷凝装置往往需做间歇振荡。振荡时，把固定烧瓶和冷凝管的铁夹暂时松开，一手靠在铁夹上并扶住冷凝管，另一手拿住瓶颈做圆周运动。每次振荡后，应把仪器重新夹好。也可以用振荡整个铁架台的方法，使容器内的反应物充分混合。

2. 机械搅拌

在那些需要较长的时间进行搅拌的实验中，最好用电动搅拌器。在反应过程中，若在搅拌的同时还需进行回流，则最好用三口烧瓶，中间瓶口装配搅拌棒，一个侧口安装回流冷凝管，另一个侧口安装温度计或滴液漏斗，如图 1-1 所示。

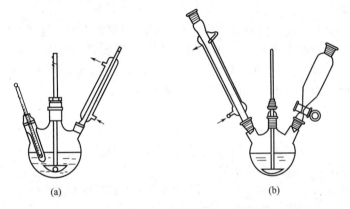

图 1-1　装有电动搅拌器的三口烧瓶

第二部分　实验内容

第一节　中间体

　　这里的中间体是指有机中间体，而有机中间体是指将基本有机化工原料经过进一步化学加工所制得的结构比较复杂，但尚不具有特定功能的有机物（例如：脂肪族的氯乙烷、氯乙酸，芳香族的氯苯、硝基苯、苯酚、苯胺等）。有些有机化工产品（如乙苯和异丙苯）既可列为有机化工原料，也可列为中间体。有机中间体虽然品种繁多，但从分子结构来看，大多数是在烷烃或芳烃上含有一个或几个取代基的衍生物，另外还有一些是含有三个以上芳环的稠环化合物和含杂环的化合物。

　　在烷烃或芳环上引入或形成上述各种取代基和形成杂环或新的碳环所发生的化学反应，称为单元反应。主要的单元反应有以下几种。

　　（1）磺化和硫酸化。磺化是指在有机化合物分子上引入—SO_3H 或—$SOCl$ 的化学过程；硫酸化是在有机化合物分子上引入—OSO_3H 的化学过程。

　　（2）硝化和亚硝化，是指在有机化合物分子上引入—NO_2 或—NO 的化学过程。

　　（3）卤化，是指在有机化合物分子上引入卤基的化学过程。

　　（4）硝基或其他含氮基的还原。将硝基等通过加氢或还原的方法在有机化合物分子上形成—NH_2 等的化学过程。

　　另外，还有其他的单元反应，如氨基化、N-酰化或 N-烷化、氧化、羟基化、成环缩合和非成环缩合、重氮化和重氮基的转化等。

　　同一个中间体有时可用不同的方法或不同的单元反应来制备，特别是含有多个取代基的中间体，制备方法的选择尤其重要。因而在制备有机中间体的过程中，只有掌握各单元反应的合成原理和合成方法，才能合成经济效益高的优质中间体产品。

 **实验一　苯磺酸钠的合成**

一、实验目的

　　1. 了解芳烃磺化的反应原理和合成方法。
　　2. 掌握芳磺酸的分离方法。

二、实验原理

　　芳烃上氢原子被磺酸基取代生成芳磺酸的反应叫磺化反应。磺化是亲电取代反应，芳环上有供电子基，磺化较易进行。例如甲苯比苯容易磺化，氯苯比苯难磺化。根据被磺化物的性质要使用不同的磺化剂，所以苯的磺化需要用发烟硫酸。其反应式为：

$$\bigcirc\!\!\!\!\bigcirc + H_2SO_4(发烟) \longrightarrow \bigcirc\!\!\!\!\bigcirc\!\!-SO_3H + H_2O$$

$$\bigcirc\!\!\!\!\bigcirc\!\!-SO_3H + NaOH \longrightarrow \bigcirc\!\!\!\!\bigcirc\!\!-SO_3Na + H_2O$$

磺化反应要求有最适宜的温度范围，温度太高会引起多磺化等副反应。一般加料次序是反应物为液态时，先加入被磺化物，然后再慢慢加入磺化剂，以免生成较多的二磺化物。

磺化反应的后处理有两种情况。一种是磺化后不分离出磺酸或磺酸盐，接着再进行硝化或氯化；另一种是分离出磺酸和磺酸盐，再加以利用。磺化产物的分离方法主要有以下几种。

1. 加水稀释法

某些芳磺酸在50%～80%的硫酸中溶解度很小，磺化结束后，将磺化液加入适量水中稀释，磺酸即可析出，例如，1,5-蒽醌二磺酸。

2. 直接盐析法

利用磺酸盐的不同溶解度向稀释后的磺化物中直接加入食盐、氯化钾或硫酸钠，可以使某些磺酸盐析出，分离出不同的异构磺酸盐，其反应式为：

$$Ar\!-\!SO_3H + KCl \longrightarrow Ar\!-\!SO_3K + HCl$$

例如，2-萘酚磺化制2-萘酚-6,8-二磺酸（G酸）时，向稀释的磺化物中加入氯化钾溶液，G酸即以钾盐的形式析出，称为G盐。过滤后的母液中加入食盐，副产的2-萘酚-3,6-二磺酸（R酸）即以钠盐的形式析出，称为R盐。

3. 中和盐析法

稀释后的磺化物用氢氧化钠、碳酸钠、亚硫酸钠、氨水或氧化镁中和，并使磺酸以钠盐、铵盐或镁盐的形式盐析出来。例如在用磺化-碱熔法制2-萘酚时，用碱熔过程中生成的亚硫酸钠来中和磺化物，中和时产生的二氧化硫气体又可用于碱熔物的酸化。

$$2ArSO_3H + Na_2SO_3 \longrightarrow 2ArSO_3Na + H_2O + SO_2\uparrow$$

$$2ArSO_3Na + 4NaOH \longrightarrow 2ArONa + 2Na_2SO_3 + 2H_2O$$

$$2ArONa + SO_2 + H_2O \longrightarrow 2ArOH + Na_2SO_3$$

4. 脱硫酸钙法

为了减少磺酸盐中的无机盐，某些磺酸，特别是多磺酸，不能用盐析法分离，需采用脱硫酸钙法。磺化物在稀释后用氢氧化钙的悬浮液进行中和，生成的磺酸钙能溶于水，过滤掉硫酸钙沉淀后，将溶液用碳酸钠溶液处理，使磺酸钙盐转变为钠盐。

$$(ArSO_3)_2Ca + Na_2CO_3 \longrightarrow 2ArSO_3Na + CaCO_3\downarrow$$

本实验就是用此方法分离磺酸的。

5. 萃取分离法

为了减少"三废"，近年来提出了萃取分离法。例如将萘高温磺化，稀释水解除去1-萘磺酸后的溶液，用叔胺的甲苯溶液萃取，叔胺与2-萘磺酸形成配合物被萃取到甲苯层中，分出有机层，用碱液中和，磺酸即转入水层，蒸发至干即得2-萘磺酸钠。

三、主要试剂和仪器

苯，8%发烟硫酸，碳酸钙，碳酸钠。

三口烧瓶，搅拌器，温度计，球形冷凝管，滴液漏斗。

四、实验步骤

在装有搅拌器、球形冷凝管、滴液漏斗和温度计的250mL三口烧瓶中，加入78g苯，并在搅拌下慢慢地滴加 175g 8％发烟硫酸，温度不超过 75℃，用冷水浴维持此温度。发烟硫酸全部加完后，将物料小心地加热，注意在球形冷凝管中苯蒸气的冷凝液界线以不超过第一球为宜。

当反应物的温度达到 100℃ 且球形冷凝管内没有苯蒸气冷凝下来时，磺化完成。将物料倒入 1L 水中，温度为 60～65℃ 时，用碳酸钙中和至对刚果红试纸变紫色，此时呈微酸性。将苯磺酸盐过滤，以除去沉淀出的硫酸钙。用 100mL 热水洗涤两次，洗液与滤液合并。

用碳酸钠饱和溶液将苯磺酸钙盐转变为钠盐，碳酸钠要一直加到不再有碳酸钙析出为止，这可通过不断取样来检验。过滤沉淀出来的碳酸钙，用少量的水洗涤沉淀，并充分压紧滤饼。合并滤液和洗液，在蒸发皿中蒸发到有苯磺酸钠的结晶出现为止，冷却，析出产物，过滤，干燥。产量 160～170g，收率约 84％。

五、注意事项

1. 磺化的反应温度应维持在 110℃，高于此温度会增加副产物。

2. 用碳酸钙中和苯磺酸时，有二氧化碳气体放出，所以必须在加入碳酸钙的同时不断地搅拌反应混合物。

3. 把苯磺酸钙盐全部转化成钠盐时，要不断地取少量滤液加入少量碳酸钠试验，直至不再有碳酸钙沉淀析出为止，就表示所有钙盐都已经变成钠盐。

4. 若要得到高纯度产品，可用 95％乙醇进行重结晶，每克苯磺酸钠约需 18mL 95％乙醇。

5. 发烟硫酸为强腐蚀性的液体，应小心操作，防止灼伤。配置 8％发烟硫酸时应戴好防护眼镜和橡胶手套，在通风橱中进行。

六、思考题

1. 苯的磺化可否用浓硫酸作磺化剂？

2. 影响磺化的因素有哪些？

3. 磺化反应有哪些副反应发生？

4. 怎样配置不同浓度的发烟硫酸？

 实验二 间二硝基苯的合成

一、实验目的

1. 了解芳烃硝化的反应原理及合成方法。
2. 掌握硝化异构物的分离方法。

二、实验原理

向芳环中引入硝基的反应叫做硝化反应。硝化是亲电取代反应，被硝化物的性质对于硝化方法的选择、硝化反应速率以及硝化产物的组成都有十分明显的影响。当苯环上有供电子基时，硝化产物常以邻、对位体为主。反之，当苯环上有吸电子基时，则硝化速率降低，产品常以间位体为主。间二硝基苯以硝基苯和混酸为原料制备，其反应如下：

$$\underset{\text{硝基苯}}{\boxed{}}-NO_2 \quad \xrightarrow{\text{纯 } HNO_3, H_2SO_4} \quad \underset{\text{间二硝基苯}}{\boxed{}} \overset{NO_2}{\underset{NO_2}{}} \quad + \quad H_2O$$

硝化异构物的分离方法主要有两种。

1. 化学法

利用各异构体具有不同的化学性质而达到分离目的。例如本实验中的少量的邻、对位异构体，可通过与亚硫酸钠反应除去，或在相转移催化剂存在下与稀氢氧化钠水溶液反应除去。

2. 物理法

利用异构体的熔点、沸点的明显差别而达到分离目的。例如：硝基氯苯异构体的分离，可采用精馏和结晶相结合的方法。

三、主要试剂和仪器

硝基苯，100％硫酸，无水硝酸，碳酸钠 结晶亚硫酸钠，乳化剂。

三口烧瓶，搅拌器，温度计，球形冷凝管，滴液漏斗等。

四、实验步骤

在装有搅拌器、球形冷凝管、滴液漏斗和温度计的 250mL 三口烧瓶中，加入 125g 100％硫酸。开动搅拌器，在良好的冷却下加入 17.5g 无水硝酸，再于 30min 内滴加 31g 经干燥的硝基苯，这时三口烧瓶外部应用冷却水，以使反应温度不超过 15～20℃。当所有硝基苯加完后，继续在室温下搅拌 1h，随后加热到 35℃，以溶化析出的二硝基苯，并在搅拌下倾入 250g 冰，过滤出二硝基苯，用冷水洗涤。再将其加入 100mL 水中，加热溶化，并加入碳酸钠中和至石蕊试纸呈碱性。倾去上部水层，再以 100mL 热水洗涤一次，即得到粗制品二硝基苯。

粗制品二硝基苯含有一定数量的邻、对位异构体，可以很容易地除去，因为它们和水所形成的乳浊液与亚硫酸钠作用，生成易溶的硝基苯磺酸，而间位化合物不受什么影响。

精致过程如下：将粗制品二硝基苯加入 125mL 水中，加热到 80℃，加入 1.25g 乳化剂（如肥皂、土耳其红油、拉开粉等），在良好搅拌下，于 30min 内加入 5g 结晶亚硫酸钠，继续在 90～95℃搅拌 2h。当异构体溶解在溶液内时，混合物就变成深棕色。继续搅拌，冷却至室温，过滤出沉淀。把沉淀物溶化在 125mL 热水中，再搅拌冷却，得到几乎为白色的结晶间二硝基苯，在 90℃下干燥。

熔点 90.7～91.4℃，产量 36～37.5g，收率 83％～90％。

五、注意事项

1. 100％硫酸和无水硝酸均为强腐蚀性液体，应小心操作，防止灼伤。
2. 硝化反应为放热反应，应充分冷却，保持反应所需的温度。
3. 二硝基苯有毒，必须小心操作，勿使接触皮肤。

六、思考题

1. 影响硝化反应的因素有哪些？
2. 写出二硝基苯精制的反应方程式。
3. 为什么间二硝基苯的制备要在强烈反应条件下进行？

第二节　香　料

香料多为具有令人愉快之香气的有机化合物，属于精细化学品范畴。精细有机合成的发展，不仅引起香料合成方法的变革，也促进了香料工业的不断发展。香料由于其原料来源广，合成、提取的方法和工艺多，应用面宽，所以其品种非常多。

香料的分类方法有多种，按其来源可分为天然香料和人造香料。使用物理或化学的方法从天然植物中分离出的香料混合物称为天然香料；由天然或化学的原料经过物理化学反应改变原料的组成和结构合成的，或通过物理化学方法分离出来的具有芳香气味的化合物称为人造香料。

天然香料通常是含有多种芳香成分的混合物，其主要成分有萜烯类、芳香烃类、醇类、醛类、酮类、醚类、酯类和酚类等。天然香料根据原料的不同，又分为植物性香料和动物性香料两类。天然香料可以直接使用，也可进一步加工成人造香料。

人造香料包括单离香料和合成香料两类。单离香料是从天然香料中用物理和化学方法分离出来的，具有固定化学结构的成分。合成香料是以某些单体为原料，通过化学方法合成的香料。单离香料和合成香料都需经调配后才能使用。多种单离香料和合成香料经调制后具有一定香型的香料称为调和香料或香精。

在合成香料的过程中经常涉及诸如氧化、还原、氢化、酯化、硝化、缩合、烷基化、卤化、水合、异构化等有机合成单元反应。

本节将通过一些有机合成单元反应合成工业上应用较多的香料——苯甲醇、乙酸苄酯，并介绍花露水、香水的制备方法。

实验三　苯甲醇的合成

一、实验目的

了解由氯苄水解制苯甲醇的反应原理和合成方法。

二、实验原理

已有的合成醇的方法，对于合成调香规格的香料来说不一定都是适用的，在香料工业上主要是利用氯代烷水解法来完成的。

$$RX + H_2O \longrightarrow ROH + HX$$

其中，X 为卤素。

如果卤素原子位于叔碳原子上就不能水解，而是脱卤化氢，生成不饱和化合物。该反应须在碱性条件下完成。

氯苄水解制苯甲醇的反应如下。

主反应：

副反应：

（1）由于氯苄中有二氯化物杂质存在，在水解时生成苯甲醛。

$$\text{（二氯甲基苯）CHCl}_2 + 2\text{NaOH} \longrightarrow \text{（苯甲醛）CHO} + 2\text{NaCl} + \text{H}_2\text{O}$$

（2）氯苄、苯甲醇和碱相互作用生成二苄醚。

$$\text{（氯苄）CH}_2\text{Cl} + \text{（苯甲醇）CH}_2\text{OH} \xrightarrow{\text{OH}^-} \text{CH}_2\text{—O—CH}_2\text{（二苄醚）} + \text{HCl}$$

三、主要试剂和仪器

氯苄，氢氧化钠，碳酸钠，乙醚，亚硫酸氢钠。

三口烧瓶，搅拌器，温度计，球形冷凝器。

四、实验步骤

在装有搅拌器、温度计和球形冷凝器的 250mL 三口烧瓶中加入 7.9g 氢氧化钠、3.6g 碳酸钠、99mL 水和 25g 氯苄，加热至 100～105℃，反应 6h，冷却反应液至室温，静置分离。上层为粗苯甲醇液，下层为碱液。下层用 30mL 乙醚分三次萃取苯甲醇，萃取液合并至粗苯甲醇液中。向粗苯甲醇液中加 1.3g 亚硫酸氢钠，稍加搅拌后用水洗涤数次至不呈碱性为止。分去水分，得到粗苯甲醇。

五、注意事项

氢氧化钠是强碱性、易吸潮物质，腐蚀性强，不能接触皮肤和眼睛。用完盖紧瓶盖。

六、思考题

1. 制备苯甲醇还有哪些方法？并写出其反应式。
2. 反应中加碱的目的是什么？

实验四　乙酸苄酯的合成

一、实验目的

了解苯甲醇酯化的反应原理和合成方法。

二、实验原理

酯化反应是醇和羧酸相互作用以制取酯类化合物的重要方法之一。

$$\text{R'OH} + \text{RCOOH} \longrightarrow \text{RCOOR'} + \text{H}_2\text{O}$$

因此又称直接酯化法。一般在少量催化剂存在的条件下，使醇和酸加热回流。常用的酸性催化剂有硫酸、盐酸等。

反应由氢离子催化作用，并且是可逆的，因为酯的水解（酯化反应的逆反应）也是由酸催化的。使用酸催化的酯化反应机理在于氢离子使羰基氧质子化，因而羰基碳容易受到亲核进攻，生成镦型化合物。借氧原子的未共用电子，镦型化合物与醇分子结合生成过度配合物。然后再分裂，放出一分子水和新的正镦离子，它再解离成酯和水合氢离子。在酯化反应中亲核试剂是醇，离去基团是水。其催化机理如下：

$$R-\overset{O}{\overset{\|}{C}}-OH \underset{}{\overset{H^+}{\rightleftharpoons}} R-\overset{OH}{\underset{\oplus}{\overset{|}{C}}}-OH \underset{}{\overset{R'OH}{\rightleftharpoons}} R-\overset{OH}{\underset{\underset{OR'}{\oplus}}{\overset{|}{C}}}-OH \underset{}{\overset{-H_2O}{\rightleftharpoons}} R-\overset{OH}{\underset{OR'}{\overset{|}{\overset{\oplus}{C}}}}$$

$$\big\updownarrow -H^+$$

$$R-\overset{O}{\overset{\|}{C}}-OR'$$

乙酸苄酯就是利用此原理合成的，其反应式如下：

$$\overset{CH_2OH}{\underset{}{\bigcirc}} + CH_3COOH \overset{H_2SO_4}{\rightleftharpoons} \overset{CH_2OOCCH_3}{\underset{}{\bigcirc}} + H_2O$$

三、主要试剂和仪器

苯甲醇，冰醋酸，浓硫酸，碳酸钠，氯化钠。
三口烧瓶，搅拌器，温度计，球形冷凝管。

四、实验步骤

在装有搅拌器、温度计和球形冷凝管的 250mL 三口烧瓶中加入 30g 苯甲醇、30g 冰醋酸。加热至 30℃，滴加 10g 92％浓硫酸，加完升温至 50℃，反应 8h。反应完毕后分层，并用 45g 15％碳酸钠洗涤乙酸苄酯。继续加 45g 5％氯化溶液洗涤，得到粗乙酸苄酯。

五、注意事项

硫酸是强酸，有强腐蚀性，不能接触皮肤和眼睛。

六、思考题

1. 制备乙酸苄酯还有哪几种方法？
2. 酯化反应中常用的催化剂有几种？
3. 在酸性催化剂存在下进行酯化反应，会发生什么副反应？

实验五　香水、花露水的制备

一、实验目的

1. 了解香水和花露水的配方及其制备原理。
2. 掌握实验室香水和花露水的配制和操作方法。

二、实验原理

将酒精精制，制成脱醛酒精，然后经配料、混合、静置、冷却、陈化、过滤后制得香水和花露水。

三、主要试剂和仪器

95％酒精，丙二醇，豆蔻酸异丙酯，没食子酸丙酯，柠檬酸，薄荷醇，氢氧化钠，香精，酸性湖蓝，碳酸镁。

中量制备仪，500mL 烧杯，500mL 锥形瓶，三角漏斗，电炉，温度计。

四、配方

1. 香水

试剂名称	用量（质量分数）/％
脱醛酒精	76.0
豆蔻酸异丙酯	0.5
香精	12.0
蒸馏水	11.5

2. 花露水

试剂名称	用量（质量分数）/％
脱醛酒精	75.0
丙二醇	3.0
没食子酸丙酯	0.1
柠檬酸	0.1
蒸馏水	18.5
香精	3.0
酸性湖蓝	适量
薄荷醇	0.3

五、实验步骤

1. 脱醛酒精的制备

（1）回流

取 300mL 95％酒精置于 500mL 圆底烧瓶中，加入 1％ NaOH 固体，安装好回流操作装置（图 2-1），水浴加热回流 2～3h。

（2）蒸馏

将回流液冷却后，把回流装置改为蒸馏装置（图 2-2）。在水浴中加热蒸馏。蒸馏时，10mL 前馏分和 10～20mL 残液不用（回收），用干燥而洁净的锥形瓶收集中间馏分 250mL 左右，冷却后备用。

2. 香水和花露水的配制

（1）香水的配制

按配方准确称取原料，在 500mL 洁净的烧杯中，将豆蔻酸异丙酯在搅拌下溶于脱醛酒精中，然后将香精加入（15℃），搅匀，最后将蒸馏水加入，混匀，放置 24h，如果有沉淀，加碳酸镁作助滤剂过滤滤除沉淀物。

（2）花露水的配制

按配方准确称取原料，在 500mL 洁净烧杯中，将丙二醇、柠檬酸、没食子酸丙酯溶于酒精中，再加入香料，搅拌均匀。在不断搅拌下，加入蒸馏水使之混匀，再加入适量染料着色。同时，搅拌均匀，静置冷却 24h。用碳酸镁作助滤剂，进行自然过滤。

将过滤后的香水和花露水在设有保护装置的贮瓶中，于 0～5℃ 温度下低温陈化 2～3 个月，然后升至室温，再过滤得产品。

六、注意事项

1. 称取原料必须准确无误，以防重称和漏称。

2. 加料顺序不能搞错，若先将水加入酒精中，再加入香精，则因香精的溶解度变小，使产品产生浑浊现象，导致实验失败。

3. 搅拌不宜过快，防止液体溅出。

4. 在配制场地，不能有明火，以防火灾和爆炸。

5. 陈化期后，升到室温如有沉淀，应过滤除去。

6. 水质要求洁净。

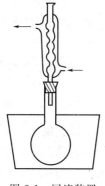

图 2-1　回流装置

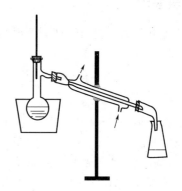

图 2-2　蒸馏装置

第三节　表面活性剂

表面活性剂是一类重要的精细化学品。它直接或间接地具有润湿、分散、乳化、增溶、起泡、消泡、洗涤、匀染、润滑、渗透、抗静电、防腐蚀、杀菌等多种作用和功能。除了大量应用于合成洗涤剂和化妆品工业外，还直接作为助剂广泛地用于纺织、造纸、皮革、医药、食品、石油开采、塑料、橡胶、农药、化肥、涂料、染料、信息材料、金属加工、选矿、建筑、农药等各个领域。

表面活性剂是指加入少量即能显著降低溶剂（一般为水）的表面张力或液-液界面张力，并有形成胶束能力的一类物质。能使溶剂表面张力降低的性质称为表面活性。

表面活性剂是一种有机化合物，其分子结构中含有两种不同性质的基团：一种是不溶于水的长碳链烷基，称为亲油基或疏水基（憎水基）；另一种是可溶于水的基团，称为亲水基。正因为表面活性剂是由亲水基和亲油基组成的，所以它具有能吸附在油-水界面的性质，还具有定向排列和生成胶束等基本性质，因而产生润湿、渗透、乳化、扩散、增溶、发泡（或消泡）、洗涤等作用。

表面活性剂的分类有多种，但最主要的是按其在水溶液中能否解离成离子和离子所带的电荷的性质来分类，可分为离子型表面活性剂和非离子型表面活性剂两大类。而离子型表面活性剂又分为阴离子型表面活性剂、阳离子型表面活性剂和两性表面活性剂三类。凡亲水基在水溶液中能够解离并带电荷的表面活性剂即为离子型的表面活性剂，若该离子带正电荷则为阳离子型表面活性剂，带负电荷则为阴离子型表面活性剂，若亲水基既带正电荷又带负电荷即为两性表面活性剂，若亲水基不带电荷则为非离子型表面活性剂。

实验六 十二烷基二甲基苄基氯化铵的合成

一、实验目的

1. 了解季铵盐型阳离子表面活性剂的合成方法。
2. 掌握表面张力、泡沫性能的测定方法和界面张力仪、罗氏泡沫测定仪的使用方法。

二、实验原理

季铵盐型阳离子表面活性剂系由叔胺和烷化剂反应而成，即 NH_4^+ 的四个氢原子被有机

基团所取代，成为 $R_1-\underset{\underset{R_3}{|}}{\overset{\overset{R_2}{|}}{N}}-R_4$ ，四个 R 基中，一般只有 1～2 个 R 基是长烃链，其余 R 基

的碳原子数大多为 1～2 个。

季铵盐与胺盐不同，不受 pH 变化的影响。不论在酸性、中性或碱性介质中季铵离子皆无变化。它除具有表面活性外，其水溶液有很强的杀菌能力，因此常用作消毒剂、杀菌剂。

阳离子表面活性剂除作为杀菌剂外，另一特点是容易吸附于一般固体表面。因为在水介质中的固体表面（即固-液界面）一般是电负性的，表面活性剂的正离子容易强烈地吸附于其上，因此常能赋予固体表面某些特性（如憎水性），于是具有某些特殊用途。例如，阳离子表面活性剂常用作矿物浮选剂，使矿物表面变为憎水性，易附着于气泡上而浮选出来。在其他方面，如纺织工业中作为柔软剂、抗静电剂；在涂料工业中作为颜料分散剂等，皆与阳离子表面活性剂容易吸附的特性有关。

本实验是以十二烷基二甲基叔胺为原料，氯化苄为烷化剂制成杀菌力极强的季铵盐阳离子表面活性剂。其溶于水呈透明液体，发泡性好。反应式如下：

$$C_{12}H_{25}-\underset{\underset{CH_3}{|}}{\overset{\overset{CH_3}{|}}{N}} + ClCH_2-\bigcirc \longrightarrow C_{12}H_{25}-\underset{\underset{CH_3}{|}}{\overset{\overset{CH_3}{|}}{N}^+}-CH_2-\bigcirc \cdot Cl^-$$

三、主要试剂和仪器

十二烷基二甲基叔胺，氯化苄。

三口烧瓶，搅拌器，温度计，球形冷凝管，界面张力仪，泡沫测定仪。

四、实验步骤

在装有搅拌器、温度计和球形冷凝管的 250mL 的三口烧瓶中，加入 107g 十二烷基二甲基叔胺和 60g 氯化苄，加热至 90～100℃，在此温度下反应 1～2h，即得到白色黏稠的液体。

测定其表面张力和泡沫性能。

五、注意事项

1. 原料十二烷基二甲基叔胺刺鼻气味较大，氯化苄对敏感体质人群刺激眼睛，量取样品最好在通风橱中进行。投料前，反应装置事先要安装好冷凝器。

2. 反应过程中要注意观察，维持温度在 90～100℃之间。

六、思考题

1. 季铵盐型与胺盐型阳离子表面活性剂的性质区别是什么？
2. 季铵盐型阳离子表面活性剂的常用烷化剂有哪些？
3. 试述季铵盐型阳离子表面活性剂的工业用途。

 **实验七** 十二烷基硫酸钠的合成

一、实验目的

1. 了解高级醇硫酸酯盐型阴离子表面活性剂的合成方法。
2. 掌握含固量、表面张力和泡沫性能的测定方法及有关仪器的使用方法。

二、实验原理

硫酸化是有机化合物分子中引入—OSO_3H 基的化学过程，生成 C—O—S 键。十二烷基硫酸酯钠是硫酸酯盐类阴离子表面活性剂的典型代表。它的泡沫性能、去污力、乳化力都比较好，能被微生物降解，耐碱、耐硬水，但在强酸性溶液中，容易发生水解，稳定性较磺酸盐差。十二烷基硫酸酯钠是由月桂醇与氯磺酸反应，再加碱中和而成。其反应如下：

$$C_{12}H_{25}OH + ClSO_3H \longrightarrow C_{12}H_{25}OSO_3H + HCl$$
$$C_{12}H_{25}OSO_3H + NaOH \longrightarrow C_{12}H_{25}OSO_3Na + H_2O$$

三、主要试剂和仪器

月桂醇，氯磺酸，氢氧化钠，双氧水。

三口烧瓶，搅拌器，温度计，气体吸收装置，界面张力仪，泡沫测定仪等。

四、实验步骤

在装有搅拌器、温度计和气体吸收装置的 250mL 三口烧瓶中加入 93g 月桂醇，室温下（25℃）慢慢滴入 64g 氯磺酸，加完后在 40～45℃反应 2h。冷却至 25℃，慢慢滴入 30％氢氧化钠溶液直至反应物呈中性为止。将反应物倒入 800mL 烧杯中，搅拌下滴入 50mL 30％双氧水，继续搅拌 30min，得十二烷基硫酸钠黏稠液体。测定其含固量、表面张力和泡沫性能。

五、注意事项

1. 因氯磺酸遇水会分解，故所用的玻璃仪器必须干燥。
2. 氯磺酸为腐蚀性很强的酸，使用时必须戴好橡皮手套，在通风橱内量取。

六、思考题

1. 硫酸酯盐型阴离子表面活性剂有哪几种？试写出其结构式。
2. 高级醇硫酸酯盐有哪些特性和用途？

 实验八 月桂醇聚氧乙烯醚的合成

一、实验目的

1. 掌握聚氧乙烯醚型表面活性剂月桂醇聚氧乙烯醚的合成原理和合成方法。
2. 了解月桂醇聚氧乙烯醚的性质和用途。

二、实验原理

月桂醇聚氧乙烯醚又称聚氧乙烯十二醇醚，代号 AE，属于非离子表面活性剂。非离子表面活性剂是一种含有在水中不解离的羟基（—OH）和醚键结构（—O—），并以它们为亲水基的表面活性剂。由于—OH 和—O—结构在水中不解离，因而亲水性极差。光靠一个羟基或醚键结构，不可能将很大的疏水基溶解于水，因此必须要同时有几个甚至几十个这样的基团或结构才能发挥其亲水性。这一点与只要一个亲水基就能很好发挥亲水性的阳离子和阴离子表面活性剂大不同。

聚氧乙烯醚类非离子表面活性剂，是用亲水基原料环氧乙烷与疏水基原料高级醇进行加成反应而制得的，产品为无色透明黏稠液体。此类表面活性剂的亲水基，由醚键结构和羟基二者组成。疏水基上加成的环氧乙烷越多，醚键结合的就越多，亲水性也越大，也就越易溶于水。

脂肪醇聚氧乙烯醚是非离子表面活性剂中最重要的一类产品，其主要的特点是低泡，且低温洗涤和生物降解性都较好。月桂醇聚氧乙烯醚是其中最重要的一种。反应式为：

$$C_{12}H_{25}OH + n\ CH_2\!\!\underset{O}{\overset{}{\diagdown}}\!\!CH_2 \longrightarrow C_{12}H_{25}\!\!-\!\!O(CH_2CH_2O)_n\!\!-\!\!H$$

月桂醇聚氧乙烯醚主要用于配制家用和工业用的洗涤剂，也可用作乳化剂、匀染剂。

三、主要试剂和仪器

月桂醇，液体环氧乙烷，氢氧化钾，氮气。
电动搅拌装置，电热套，三口烧瓶（250mL），球形冷凝管，温度计（0～200℃）。

四、实验步骤

取 46.5g（0.25mol）月桂醇、0.2g 氢氧化钾加入三口烧瓶中，将反应物加热至 120℃，通入氮气，置换空气。然后升温至 160℃ 边搅拌边滴加 44g（1mol）液体环氧乙烷，控制反应温度在 160℃，环氧乙烷在 1h 内加完。保温反应 3h。冷却反应物至室温时放料。

五、注意事项

1. 严格按照钢瓶使用方法使用氮气钢瓶。氮气通入量不要太大，以冷凝管口看不到气体为适度。
2. 本反应是放热反应，应注意控温。

1. 脂肪醇聚氧乙烯醚类非离子表面活性剂有哪些主要性质？用于洗涤剂工业是根据什么性质？

2. 本实验成败的关键是什么？

 ## 实验九　十二烷基二甲基甜菜碱的合成

一、实验目的

1. 掌握甜菜碱型两性离子表面活性剂的合成原理和合成方法。
2. 了解甜菜碱型两性表面活性剂的性质和用途。

二、实验原理

两性离子表面活性剂是指同时携带正负两种离子的表面活性剂，它的表面活性剂离子的亲水基既具有阴离子部分又具有阳离子部分，是两者结合在一起的表面活性剂。

十二烷基二甲基甜菜碱又名 BS-12，为无色或淡黄色透明黏稠液体，有良好的去污、气泡渗透和抗静电性能，杀菌作用温和，刺激性小。在碱性、酸性和中性条件下均溶于水，即使在等电点也无沉淀，不溶于乙醇等极性溶剂，任何 pH 值下均可使用，属两性离子表面活性剂。

十二烷基二甲基甜菜碱是用 N,N-二甲基十二烷胺和氯乙酸钠反应合成的，反应方程式为：

$$C_{12}H_{25}-\underset{\underset{CH_3}{|}}{\overset{\overset{CH_3}{|}}{N}} + CH_2-\underset{\underset{Cl}{}}{\overset{\overset{O}{\|}}{C}}-O^-Na^+ \longrightarrow C_{12}H_{25}-\underset{\underset{CH_3}{|}}{\overset{\overset{CH_3}{|}}{N^+}}-CH_2COO^- + NaCl$$

十二烷基二甲基甜菜碱适用于制造无刺激的调理香波、纤维柔软剂、抗静电剂、匀染剂、防锈剂、金属表面加工助剂和杀菌剂。

三、主要试剂和仪器

N,N-二甲基十二烷胺，氯乙酸钠，乙醇，盐酸，乙醚。

电动搅拌器，电热套，三口烧瓶（250mL），球形冷凝管，玻璃漏斗（90mm），温度计（0～100℃）。

四、实验步骤

将三口烧瓶、温度计、电动搅拌器、球形冷凝管安装好，称取 10.7g N,N-二甲基十二烷胺，放入三口烧瓶中，再称取 5.8g 氯乙酸钠和 30mL 50％的乙醇溶液，倒入三口烧瓶中，在水浴中加热至 60～80℃，并在此温度下回流至反应液变成透明为止。

冷却反应液，在搅拌情况下滴加浓盐酸，直至出现乳状液不再消失为止，放置过夜。第二天，十二烷基二甲基甜菜碱盐酸盐结晶析出，过滤。每次用 10mL 乙醇和水（1:1）的混合溶液洗涤两次，然后干燥滤饼。粗产品用乙醚:乙醇＝2:1 溶液重结晶，得精致的十二烷基二甲基甜菜碱。

五、注意事项

1. 所用的玻璃仪器必须干燥。
2. 滴加浓盐酸不要太多，至乳状液不再消失即可。
3. 洗涤滤饼时，洗涤溶剂要用规定的浓度及剂量，不宜太多。

六、思考题

1. 两性表面活性剂有哪几类？其在工业和日用化工方面有哪些用途？
2. 甜菜碱型与氨基酸型两性表面活性剂相比，其性质的最大差别是什么？

第四节 日用化学品

日用化学品是人们日常生活中经常使用的精细化学品，其种类很多，主要包括化妆品、洗涤用品等。

洗涤是指以化学和物理作用并用的方法，将附着于被洗物表面上的不需要的物质或有害物质除掉，从而使物体表面洁净的过程。用于洗涤的制品叫洗涤用品。洗涤用品主要包括以下五类：洗衣剂；洗发香波；浴用香波；餐具洗涤剂；硬表面洗涤剂。

化妆品是指为了使人体洁净、美化、增加魅力、修饰容貌或为了保持皮肤或皮毛的健美而在人体上涂抹、散布及采取与之类似的其他方法施加的对人体作用柔和的物品。化妆品主要包括以下四类：护肤和护发化妆品；美容化妆品；美发化妆品；药物化妆品。

本节主要介绍几种洗涤用品和化妆品的配制。

 实验十　护肤品的制备

一、实验目的

1. 了解乳化原理。
2. 初步掌握配方原理和配方中原料的作用及其添加量。

二、实验原理

一般护肤品是以硬脂酸和碱作用生成硬脂酸盐作为乳化剂，加上其他的原料配制而成，它属于阴离子型乳化剂为基础的油/水型乳化体，是一种非油腻性护肤用品。使用后皮肤与外界干燥空气隔离，节制皮肤表皮水分的过量挥发，使皮肤不至于干燥、粗糙或干裂，起到保护皮肤的作用。护肤品中含有保湿剂可制止皮肤水分过快蒸发，从而调节和保护皮肤角质层有适当的含水量。

三、主要试剂和仪器

三压硬脂酸，氢氧化钾，多元醇（甘油、丙二醇），十四醇，香精，防腐剂。
烧杯，搅拌器，温度计，乳化器等。

四、实验步骤

1. 配方

试剂名称	用量（质量分数）/%
三压硬脂酸	11
十四醇	3
甘油	10
氢氧化钾（100%）	0.5
香精	适量
防腐剂	适量
水	75

2. 操作步骤

先将配方中的三压硬脂酸、十四醇、甘油等一起加热至 90℃（油相），碱和水加热至 90℃（水相），然后在剧烈搅拌下将水相徐徐加入油相中，全部加完后保持此温度一段时间进行皂化反应。添加香精、防腐剂后在乳化器中搅拌 5～10min，冷却到 30℃ 以下，放入容器中。

五、注意事项

1. 要用颜色洁白的工业三压硬脂酸，其碘价在 2 以下（碘价表示油酸含量）。碘价过高，硬脂酸的凝固点降低、颜色泛黄，会影响护肤品的色泽和在储存过程中引起酸败。

2. 水质对护肤品的质量有重要的影响，应控制 pH 在 6.3～7.5 之间，总硬度小于 100×10^{-6}，氯离子含量小于 50×10^{-6}，铁离子含量小于 0.3×10^{-6}。

3. 硬脂酸成皂百分数确定后，即可算出氢氧化钾的用量，其公式如下：

KOH 用量＝硬脂酸用量×硬脂酸中和成皂%/100×酸价/KOH 纯度

实验十一　浴用香波的制备

一、实验目的

1. 掌握浴用香波的配方原理及配制方法。
2. 了解浴用香波各组分的作用。

二、实验原理

浴用香波也叫沐浴液，属皮肤清洁剂的一种。浴用香波有真溶液、乳浊液、胶体和喷雾剂型等多种产品。高档产品又称为浴奶、浴油、浴露、浴乳等。有时产品中还加入天然营养物质，还有的加入各种药物，使产品具有多种功能。浴用香波的主要原料是合成的低刺激的表面活性剂和一些泡沫丰富的烷基硫酸酯盐及烷基酰胺等表面活性剂。

大部分产品使用多重添加剂，以便得到满意的综合性能。常用的助剂主要有：螯合剂（乙二胺四乙酸钠是最有效的螯合剂，除此之外还有柠檬酸、酒石酸等）；增泡剂（浴用香波要求有丰富和细腻的泡沫，对泡沫的稳定性也有较高的要求）；增稠剂；珠光剂；滋润剂；缓冲剂；维生素；色素；香精等。

浴用香波和洗发香波在配方结构上有许多相似之处，但也有差别。例如，产品对人体的安全性仍然是第一位的原则。洗涤过程首先应不刺激皮肤，不脱脂。洗涤剂在皮肤上的残留物对人体不发生病变，没有遗传病例作用等。产品应有柔和的去污力和适度的泡沫。要求产品的 pH 值呈中性或微酸性，避免对皮肤的刺激。另加入一些对皮肤有加脂和滋润作用的辅料，使产品性能更加完美。还可添加一些具有疗效、柔润、营养性的添加剂，使产品增加功能，提高档次。香气和颜色也是一个重要的选择性指标，要求产品香气纯正、颜色协调，令使用过程成为一种享受。最后产品中还要加入适量的防腐剂、抗氧化剂、紫外线吸收剂等成分。总之，要综合考虑各种要求及相关的因素，使配制的产品满足更多消费者的需求。

三、主要试剂和仪器

十二醇硫酸三乙醇胺盐（质量分数为 40%），脂肪醇聚氧乙烯醚硫酸盐（AES，质量分数为 70%），硬脂酸乙二醇酯，月桂酰乙二醇胺，甘油软脂酸酯，羊毛脂衍生物，丙二醇，柠檬酸，氯化钠，香精，色素。

电炉，水浴锅，电动搅拌器，温度计（0～100℃），烧杯（100mL、250mL），量筒（10mL、100mL），托盘天平，滴管，玻璃棒，罗氏泡沫仪。

四、实验步骤

1. 配方

试剂名称	用量(质量分数)/%	试剂名称	用量(质量分数)/%
十二醇硫酸三乙醇胺(40%)	20.0	丙二醇	5.0
AES(70%)	12.0	柠檬酸	适量
硬脂酸乙二醇酯	2.0	氯化钠	2.5
月桂酰乙二醇胺	5.0	香精、色素	适量
甘油软脂酸酯	1.0	水	加至100
羊毛脂衍生物	2.0		

2. 操作步骤

按配方要求称量试剂，将去离子水加入烧杯中，加热使温度达到 60℃，边搅拌边加入难溶的 AES，待全部溶解后再加入其他表面活性剂，并不断搅拌，温度控制在 60℃ 左右。然后再加入羊毛脂衍生物，停止加热，继续搅拌 30min 以上。等反应液温度降至 40℃ 时加入丙二醇、色素、香精等。并用柠檬酸调整 pH 至 5.0～7.5，待温度降至室温后用氯化钠调节黏度，即成成品。

用罗氏泡沫仪测定香波的泡沫性能。

五、注意事项

配方中高浓度表面活性剂的溶解，必须将其慢慢加入水中，而不是将水加入表面活性剂中，否则会形成黏度极大的团状物，导致溶解困难。

六、思考题

1. 该浴用香波配方中各组分的作用是什么？

2. 浴用香波配方设计的主要原则有哪些？

 实验十二　雪花膏的制备

一、实验目的

1. 了解雪花膏的配置原理和各组分的作用。
2. 掌握雪花膏的配制方法。

二、实验原理

雪花膏是白色膏状乳剂类化妆品，乳剂是指一种液体以极细小的液滴分散于另一种互不相溶的液体中所形成的多相分散体系。雪花膏涂在皮肤上，遇热容易消失，因此，被称为雪花膏。雪花膏通常是以硬脂酸皂为乳化剂的水包油型乳化体系。水相中含有多元醇等水溶性物质，油相中含有脂肪酸、长链脂肪醇、多元醇脂肪酸酯等非水溶性物质。当雪花膏被涂于皮肤上，水分挥发后，吸水性的多元醇与油性组分共同形成一个控制表皮水分过快蒸发的保护膜，它隔离了皮肤与空气的接触，避免皮肤在干燥环境中由于表皮水分过快蒸发导致的皮肤干裂。也可以在配方中加入一些可被皮肤吸收的营养物质。

雪花膏的基础配方变化不大，它包括硬脂酸皂（3.0%～7.5%）、硬脂酸（10%～20%）、多元醇（5%～20%）和水（60%～80%）。配方中，一般控制碱的加入量，使皂的比例占全部脂肪酸的15%～25%。

三、主要试剂和仪器

硬脂酸，单硬脂酸甘油酯，十六醇，白油，丙二醇，氢氧化钠，氢氧化钾，香精，防腐剂，精密pH试纸。

烧杯（250mL），电动搅拌器，温度计，显微镜，托盘天平，电炉，水浴锅。

四、实验步骤

1. 配方

试剂名称	用量(质量分数)/%	试剂名称	用量(质量分数)/%
硬脂酸	15.0	氢氧化钾	0.6
单硬脂酸甘油酯	1.0	氢氧化钠	1.0
白油	1.0	香精	适量
十六醇	1.0	防腐剂	适量
丙二醇	1.0	水	加至100

2. 操作步骤

按配方中的量分别称取硬脂酸、单硬脂酸甘油酯、十六醇、白油和丙二醇，将称量好的原料加入250mL烧杯中，水和碱称量后加入另一250mL烧杯中。分别加热至90℃，使物料熔化、溶解均匀。装水的烧杯在90℃下保持20min灭菌。然后在搅拌下将水慢慢加入到油相中，继续搅拌，当温度至40℃后，加入香精，搅拌均匀，静置、冷却至室温。调整膏体的 pH，使其在要求的范围内。

五、注意事项

1. 加入少量的氢氧化钠有助于增大膏体黏度，也可以不加。

2. 降温至55℃以下，继续搅拌使油相分散更细，加速皂与硬脂酸结合形成结晶，出现珠光现象。

3. 降温过程中，黏度逐渐增大，搅拌带入膏体的气泡不易逸出，因此，黏度较大时，不宜过分搅拌。

4. 使用工业一级硬脂酸，可使产品的色泽及储存稳定性提高。

六、思考题

1. 配方中各组分的作用是什么？

2. 配方中硬脂酸的皂化百分数是多少？

3. 配制雪花膏时，为什么两个烧杯中的药品必须分别配制后再倒在一起？

实验十三　洗洁精的制备

一、实验目的

1. 掌握洗洁精的制备方法。
2. 了解洗洁精各组分的性质及配方原理。

二、实验原理

洗洁精又叫餐具洗涤剂或果蔬洗涤剂，是无色或淡黄色透明液体，主要用于洗涤碗碟和水果蔬菜，特点是去油腻性好、简易卫生、使用方便。洗洁精是最早出现的液体洗涤剂，产量在液体洗涤剂中居第二位。

设计洗洁精的配方结构时，应考虑洗涤方式、污垢特点、被洗物特点以及其他功能等多方面的要求，具体可归纳如下。

1. 基本原则

(1) 对人体安全无害。

(2) 能较好地洗净并除去动植物油垢，即使对黏附牢固的油垢也能迅速除去。

(3) 清洗剂和清洗方式不损伤餐具、灶具及其他器具。

(4) 用于洗涤蔬菜和水果时，应勿留残留物，也不能影响其外观和原有风味。

(5) 手洗产品发泡性良好。

(6) 消毒洗涤剂应能有效地杀灭有害菌，而不危害人的安全。

(7) 产品长期储存稳定性好，不发霉变质。

2. 配方结构特点

(1) 洗洁精应制成透明状液体，要设法调配成适当的浓度和黏度。

(2) 设计配方时，一定要充分考虑表面活性剂的配伍效应，以及各种助剂的作用。如阴离子表面活性剂烷基聚氧乙烯醚硫酸酯盐与非离子表面活性剂烷基聚氧乙烯醚复配后，产品的泡沫性和去污力均较好。配方中加入乙二醇单丁醚，则有助于去除油污。加入月桂酸二乙醇酰胺可以增泡和稳泡，可减轻对皮肤的刺激，并增加洗洁精的黏度。羊毛脂类衍生物可滋润皮肤，调整产品黏度主要使用无机电解质。

（3）洗洁精一般都是高碱性，主要为提高去污力和节省活性物，并降低成本。但 pH 值不能大于 10.5。

（4）高档的餐具洗涤剂要加入釉面保护剂，如醋酸铝、甲酸铝、磷酸铝酸盐、硼酸酐及其混合物。

（5）加入少量香精和防腐剂。

3. 主要原料

洗洁精都是以表面活性剂为主要活性物配制而成的。手工洗涤用的洗洁精主要使用烷基苯磺酸钠盐和烷基聚氧乙烯醚硫酸盐，其活性物含量为 10%～15%。

三、主要试剂和仪器

十二烷基苯磺酸钠（ABS-Na，质量分数为 30%），AES（质量分数为 70%），尼纳儿（质量分数为 70%），OP-10（质量分数为 70%），EDTA，乙醇，甲醛，三乙醇胺，二甲基月桂基氧化胺，二甲苯磺酸钠，苯甲酸钠，氯化钠，香精，硫酸。

电炉，水浴锅，电动搅拌器，温度计（0～100℃），烧杯（100mL、150mL），量筒（10mL、100mL），托盘天平，滴管，玻璃棒。

四、实验步骤

1. 配方

试剂名称	配方 I	配方 II	配方 III	配方 IV
ABS-Na(质量分数 30%)		16.0	12.0	16.0
AES(质量分数 70%)	16.0		5.0	14.0
尼纳儿(质量分数 70%)	3.0	7.0	6.0	
OP-10(质量分数 70%)		8.0	8.0	2.0
EDTA	0.1	0.1	0.1	0.1
乙醇		6.0	0.2	
甲醛			0.2	
三乙醇胺				4.0
二甲基月桂基氧化胺	3.0			
二甲苯磺酸钠	5.0			
苯甲酸钠	0.5	0.5		0.5
氯化钠	1.0			1.5
香精、硫酸	适量	适量	适量	适量
去离子水	加至 100	加至 100	加至 100	加至 100

注：表中数据均为质量分数。

2. 操作步骤

（1）将水浴锅中加入水并加热，烧杯中加入去离子水加热至 60℃ 左右。

（2）加入 AES 并不断搅拌至全部溶解，此时水温要控制在 60～65℃。

（3）保持温度 60～65℃，在不断连续搅拌下加入其他表面活性剂，搅拌至全部溶解为止。

（4）降温至 40℃以下加入香精、防腐剂、螯合剂、增溶剂，搅拌均匀。

（5）测溶液的 pH 值，用硫酸调节 pH 至 9～10.5。

（6）加入食盐调节到所需黏度。调节之前应把产品冷却到室温或测黏度时的标准温度。调节好后即为成品。

五、注意事项

1. AES 应慢慢加入水中。

2. AES 在高温下极易水解，因此溶解温度不可超过 65℃。

六、思考题

1. 配置洗洁精有哪些原则？

2. 洗洁精的 pH 应控制在什么范围？为什么？

实验十四　天然皂的制备

一、实验目的

1. 学习洗涤剂的基本知识。

2. 熟悉制造肥皂的基本操作。

二、实验原理

肥皂是高级脂肪酸金属盐（钠、钾盐为主）类的总称，包括软皂、硬皂、香皂和透明皂等。肥皂是最早使用的洗涤用品，对皮肤刺激性小，具有便于携带、使用方便、去污力强、泡沫适中和洗后容易去除等优点。所以尽管近年来各种新型的洗涤剂不断涌现，它仍是一种深受用户欢迎的去污和沐浴用品。

以各种天然的动、植物油脂为原料，通过碱皂化而制得肥皂，是目前仍在使用的生产肥皂的传统方法。不同种类的油脂，由于其组成有别，皂化时需要的碱量不同。碱的用量与各种油脂的皂化值（完全皂化 1g 油脂所需的氢氧化钾的毫克数）和酸值有关。表 2-1 是一些常用油脂的皂化值。

表 2-1　一些常用油脂的皂化值

油脂	椰子油	花生油	棕仁油	牛油	猪油
皂化值/mg	185	137	250	140	196

现将用于制肥皂的主要原料的性质和作用简介如下。

1. 油脂

油脂指植物油和动物脂肪，在制肥皂过程中它提供长链脂肪酸。由于以 $C_{12}～C_{18}$ 的脂肪酸所构成的肥皂洗涤效果最好，所以制肥皂的常用油脂是椰子油（C_{12} 为主）、棕榈油（$C_{16}～C_{18}$ 为主）、猪油或牛油（$C_{16}～C_{18}$ 为主）等。脂肪酸的不饱和度会对肥皂品质产生影响。不饱和度高的脂肪酸制成的皂，质软而难成块状，抗硬水性能也较差。所以通常要把部分油脂催化加氢使之成为氢化油（或称硬化油），然后与其他油脂搭配使用。

2. 碱

主要使用碱金属的氢氧化物。由碱金属氢氧化物制成的肥皂具有良好的水溶性。由碱土金属氢氧化物制得肥皂一般称作金属皂，难溶于水，主要用作涂料的催干剂和乳化剂，不作洗涤剂用。

3. 其他

为了改善肥皂产品的外观和拓宽用途，可加入色素、香料、抑菌剂、消毒药物以及酒精、白糖等，以制成香皂、药皂或透明皂等产品。

三、主要试剂和仪器

牛油，棕仁油或椰子油，氢氧化钠，蓖麻油，甘油，95％乙醇，蔗糖，香料。
电热恒温水浴锅，电子恒速搅拌器，可调电炉，铝盆，烧杯（250mL、400mL）。

四、实验步骤

1. 普通皂

在250mL烧杯中加入100mL水和125g（0.3mol）氢氧化钠，搅拌溶解备用。称取49g（0.05mol）牛油和21g（0.03mol）棕仁油或椰子油置入400mL烧杯中，用热水浴加热使油脂熔化。搅拌下将碱液慢慢加入油脂中，然后置入沸水浴中加热进行皂化。皂化过程中要经常搅拌，直至反应混合物从搅拌棒上流下时形成线状并在棒上很快凝固为止。反应时间需2～3h。反应完毕，将产物倾入模具中（或留在烧杯内）成型，冷却即为肥皂（约170g）。

本实验制得的产品是含有甘油的粗肥皂。实际生活中要分离甘油并将制得的肥皂进行挤压、切块、打印、干燥等机械加工操作，才能成为供应市场的产品。

2. 透明皂

将10g牛油、10g椰子油和8g蓖麻油加入烧杯中，加热至80℃使油脂混合物熔化。搅拌下快速加入17g 30％氢氧化钠和5g 95％乙醇的混合液。在75℃的水浴上加热皂化，到达终点后停止加热。在搅拌下加入2.5g甘油和由5g蔗糖与5g水配成的预热至80℃的溶液，搅匀后静置降温。当温度下降至60℃时可以加入适量的香料，搅匀后出料，冷却成型，即可得到透明皂。配方中加入了乙醇、甘油和蔗糖等，使产品透明、光滑、美观，而且内含保湿剂，是较好的皮肤清洁用品。

五、思考题

1. 制备肥皂的油脂，如果选用的是不饱和度高的脂肪酸，它对产品会有何影响？
2. 在用作洗涤用品的肥皂制备过程中，用碱土金属氢氧化物代替碱金属氢氧化物，可否？为什么？

第五节　胶黏剂和涂料

胶黏剂是指能使一个物体的表面与另一个物体的表面相粘接的物质，因此又称为黏结剂（或黏合剂）。

黏结剂多为混合物，其组成主要包括基料、固化剂、填料、增塑剂、稀释剂、偶联剂、稳定剂和防霉剂等。

胶黏剂广泛用于国民经济的各个领域，其中仅胶合板、木工、建筑和纸包装方面的用量就接近全部用量的90％。从胶黏剂的材料种类来看，脲醛树脂、醋酸乙烯酯乳液和三聚氰胺三种约占80％；在合成橡胶类中，氯丁橡胶的用量最多。

胶黏剂有多种分类方法：按形态可分为水基型胶黏剂、溶剂型胶黏剂、乳液型和胶乳型胶黏剂、无溶剂型胶黏剂、膜状胶黏剂、热熔型胶黏剂六类；按化学结构可分为热塑性树脂胶黏剂、热固性树脂胶黏剂、橡胶类胶黏剂、无机胶黏剂、天然胶黏剂五类；按性能可分为压敏胶黏剂、再湿胶黏剂、瞬干胶黏剂、厌氧胶黏剂、耐高温和耐低温胶黏剂等；按用途可分为结构胶黏剂、非结构胶黏剂、木材用胶黏剂、金属用胶黏剂、塑料用胶黏剂、纸张和包装用胶黏剂、纤维用胶黏剂、橡胶用胶黏剂、土木建筑用胶黏剂、玻璃用胶黏剂、飞机和船舶用胶黏剂、电气及电子工业用胶黏剂、生物体及医疗用胶黏剂等。

涂料是指应用于物体表面而能结成坚韧保护膜的一类材料的总称。其作用和用途包括：保护作用，装饰作用，色彩、标志作用，其他特殊作用如导电涂料、绝缘涂料等。

涂料的种类很多，目前分类有以下几种：第一种是按用途分，如建筑用涂料、船舶用涂料、汽车用涂料、电气绝缘涂料等；第二种是按其成膜物质分，如酚醛树脂涂料、醇酸树脂涂料、氨基树脂涂料、乙烯树脂涂料、纤维素涂料、丙烯酸树脂涂料、环氧树脂涂料等；第三种是按溶剂分，如粉末涂料、水溶性涂料和溶剂涂料等。

涂料的组成按其功能可归纳为成膜物质、颜料、溶剂和助剂等。成膜物质能够黏附于物体的表面形成连续的膜，所以是涂料的基体。颜料通常都是固体粉末，它始终留在涂膜中，起着色、增厚、改善性能和提高质量的作用。溶剂起溶解和稀释的作用，可降低成膜物质的黏稠度，以便于施工，得到均匀而连续的涂膜。

目前以合成树脂为成膜物质的涂料已经占主导地位。合成树脂一般都是高分子化合物，主要是通过加聚反应或缩聚反应制得。

本节将简单介绍几种水性胶和水性涂料的制备。

 实验十五　聚乙烯醇缩甲醛胶的合成

一、实验目的

1. 掌握聚乙烯醇缩甲醛胶的合成原理和合成方法。
2. 学习聚乙烯醇缩甲醛胶的分析检验方法。

二、实验原理

聚乙烯醇缩甲醛又名107胶，为无色透明溶液，易溶于水。由于其性能优良，价格低廉，故广泛应用于建筑行业，可用于粘接瓷砖、壁纸、外墙饰面等，还可用于制鞋业（如粘贴皮鞋衬里）和做文具胶水等。

聚乙烯醇（简称PVA）分子中含有的羟基（—OH）是一种亲水性基团，因而PVA可溶于水，它的水溶液可作为粘结剂使用。PVA按其聚合度和醇解度的不同而有多种型号，本实验所用的PVA1799指平均聚合度约为1700、醇解度约为99％（摩尔分数）的PVA。

为了提高PVA的耐水性，可以通过PVA的缩醛化反应来改性。聚乙烯醇缩甲醛胶水即是PVA在盐酸催化作用下，其中部分羟基与甲醛进行缩醛化反应（一种消去反应或缩合反应）生成的热塑性树脂，其反应式如下：

$$\sim\sim CH_2-CH-CH_2-CH\sim\sim \ + HCHO \ \xrightarrow[\text{加热}]{HCl} \ \sim\sim CH_2-CH-CH_2-CH\sim\sim \ + H_2O$$

聚乙烯醇缩甲醛分子中的羟基（—OH）是亲水性基团，而缩醛基（—CH₂—CH—CH₂—CH—）则是疏水性基团。控制一定的缩醛度（聚乙烯醇缩甲醛中所含缩醛基的程度，常以百分数表示），可使生成的聚乙烯醇缩甲醛既具有较好的耐水性，又具有一定的水溶性。为了保证产品质量的稳定性，缩醛化反应结束后需用氢氧化钠溶液中和至中性。

聚乙烯醇缩甲醛胶水的黏度与 PVA 的用量有关，要获得适宜的缩醛度，必须严格控制反应物的配比、催化剂的用量、反应时间和反应温度。根据不同的用途，控制反应物的配比和反应条件，可得到不同黏度和缩醛度的胶水，作为各种粘接剂，广泛用于建筑施工、鞋革、图书装订、文具及建筑涂料等方面。

对胶水质量的检验，主要是测定其黏度和缩醛度，但由于测定缩醛度的操作麻烦且费时间，因而常借测定胶水中的游离甲醛量（即留存于聚乙烯醇缩甲醛中未被缩醛化的甲醛含量，常以百分数表示）来了解缩醛化反应完成的情况以及在该反应条件下缩醛度的大小。通常胶水中游离甲醛量少，表明缩醛度高；反之，则表明缩醛度低。本实验合成的胶水要求游离甲醛量在 1.2% 以下。

游离甲醛量的测定是通过亚硫酸钠与甲醛的反应，使之生成羟甲基磺酸钠和氢氧化钠。然后用玫红酸（变色范围 pH 在 6.2～8.0）作指示剂，用标准盐酸溶液滴定上述反应所生成的 NaOH，溶液由红色变为无色即为终点。根据滴定所需标准 HCl 溶液的量，可算出胶水中游离甲醛的含量（%），计算公式如下：

$$HCHO\% = \frac{(V-V_0)\,c_{HCl}\times 30.03}{m_{胶水}\times 1000}\times 100\%$$

式中 V——滴定胶水消耗的标准 HCl 溶液的体积，mL；

V_0——空白滴定（不加胶水）消耗的标准 HCl 溶液的体积，mL；

c_{HCl}——标准 HCl 溶液的浓度，mol/L；

$m_{胶水}$——胶水的质量，g；

30.03——甲醛的物质的量，g/mol。

三、主要试剂和仪器

聚乙烯醇 1799（PVA1799），甲醛（36%），盐酸（浓），氢氧化钠溶液（6mol/L），亚硫酸钠溶液（0.5mol/L），玫红酸（0.5%），盐酸标准溶液（0.2mol/L）。

托盘天平，分析天平，锥形瓶（250mL），具塞锥形瓶（250mL），滴管，量筒（10mL、50mL、100mL），酸式滴定管（50mL），滴定管夹，白瓷板，洗瓶，玻璃棒，温度计（0～100℃），三口烧瓶（250mL），搅拌器，滴液漏斗。

四、实验步骤

1. 聚乙烯醇的溶解

在三口烧瓶中加入 13.5g PVA 和 150mL 去离子水，开启搅拌并加热，控温在 90℃ 左右，直至 PVA 全部溶解（约 40min）。

2. 聚乙烯醇的缩甲醛化反应

向三口烧瓶中滴加浓 HCl 溶液，将 PVA 水溶液的 pH 调为 2。量取 5mL 36％甲醛水溶液，用滴液漏斗缓缓地将其滴入三口烧瓶中（30min 滴完），继续搅拌 30min 停止加热后，滴加 6mol/L NaOH 溶液至聚乙烯醇缩甲醛胶水的 pH 为 7 左右。最后，停止搅拌，卸下三口烧瓶，将烧瓶中的胶水温度降至室温并且倒入称量瓶中（烧杯必须洁净干燥），待分析用。

在分析天平上用减量法称取 5g（四位有效数字）胶水，置于 250mL 具塞锥形瓶中，加入 30mL 0.5mol/L Na_2SO_3 溶液，迅速摇匀（约数秒钟），并加入 3 滴 0.5％玫红酸指示剂，立即用 0.2mol/L（四位有效数字）的盐酸标准溶液滴定至溶液由红色变为无色。

再用 250mL 具塞锥形瓶进行空白试验（不加胶水，其余同）。计算游离甲醛量。

五、注意事项

1. 玫红酸指示剂的配制：称取 0.5g 玫红酸，溶于 50mL 乙醇中，然后用去离子水稀释至 100mL，混匀。

2. 注意 PVA 的溶解，即要温度控制稍高一些，并且要不断控制，当 PVA 水溶液为透明，表明 PVA 已经溶解。

六、思考题

1. 聚乙烯醇缩甲醛胶是怎样合成的？如何提高聚乙烯醇缩醛胶的耐水性？
2. 本实验进行合成时，应控制哪些操作条件？为什么？
3. 测定聚乙烯醇缩甲醛中游离甲醛量的原理如何？目的何在？

实验十六　聚醋酸乙烯乳胶涂料的制备

一、实验目的

1. 了解自由基聚合反应的特点。
2. 了解乳胶涂料的特点，掌握制备方法。

二、实验原理

聚醋酸乙烯乳胶涂料为乳白色黏稠液体，可加入各色色浆配成不同颜色的涂料，主要用于建筑物的内外墙涂饰。该涂料以水为溶剂，所以具有安全无毒、施工方便的特点，易喷涂、刷涂、滚涂，干燥快、保色性好，但光泽较差。

聚醋酸乙烯单体的聚合反应是自由基型加聚反应，属于连锁聚合反应，整个过程包括链引发、链增长和链终止。

1. 链引发

$$NH_4-O-\overset{\overset{O}{\|}}{\underset{\underset{O}{\|}}{S}}-O-O-\overset{\overset{O}{\|}}{\underset{\underset{O}{\|}}{S}}-O-NH_4 \xrightarrow{\triangle} 2SO_4\cdot + 2NH_4^+$$

$$CH_2=\underset{\underset{COOCH_3}{|}}{CH} + SO_4\cdot \longrightarrow SO_4-\underset{\underset{COOCH_3}{|}}{CH}-CH_2\cdot$$

2. 链增长

$$SO_4-\underset{\underset{COOCH_3}{|}}{CH}-CH_2\cdot \ +n\ \underset{\underset{COOCH_3}{|}}{CH_2=CH} \ \longrightarrow \ SO_4\underset{\underset{COOCH_3}{|}}{\overset{}{\left[\!CH-CH_2\!\right]_n}}-\underset{\underset{COOCH_3}{|}}{CH}-CH_2\cdot$$

3. 链终止

$$2SO_4\underset{\underset{COOCH_3}{|}}{\overset{}{\left[\!CH-CH_2\!\right]_n}}\underset{\underset{COOCH_3}{|}}{CH}-CH_2\cdot \ \longrightarrow \ \begin{cases} \sim\!\!\underset{\underset{COOCH_3}{|}}{CH}-CH_2-\underset{\underset{COOCH_3}{|}}{CH}-CH_2\!\!\sim \\[4mm] \sim\!\!\underset{\underset{COOCH_3}{|}}{CH_2}-CH_2 \ + \ \underset{\underset{COOCH_3}{|}}{CH}=CH_2 \end{cases}$$

本过程是乳液聚合,采用的引发剂是水溶性的过硫酸盐和过氧化氢等。

三、主要试剂和仪器

醋酸乙烯酯,聚乙烯醇 1799,乳化剂 OP-10,六偏磷酸钠,磷酸三丁酯,过硫酸铵,丙二醇,钛白粉,滑石粉,碳酸钙,碳酸氢钠,邻苯二甲酸二丁酯。

三口烧瓶(250mL),球形冷凝管,滴液漏斗(60mL),温度计(0～100℃),量筒(10mL、100mL),玻璃棒,烧杯(200mL),电动搅拌器,电炉,水浴锅,高速均质搅拌器,沙磨机,搪瓷或塑料杯,调漆刀,漆刷,水泥石棉样板。

四、实验步骤

在装有电动搅拌器、温度计、球形冷凝管的 250mL 三口烧瓶中加入 30mL 去离子水和 0.35g 乳化剂 OP-10,搅拌,逐渐加入聚乙烯醇。加热升温,在 80～90℃保温 1h,直至聚乙烯醇全部溶解,冷却备用。将 0.2g 过硫酸铵溶于水中,配成 5% 的溶液。

把 17g 蒸馏过的醋酸乙烯酯和 2mL 5% 过硫酸铵水溶液加至上述三口烧瓶中,开动搅拌器,水浴加热,保持温度在 65～75℃。当回流基本消失时,温度自升至 80～83℃时用滴液漏斗在 2h 内缓慢地、按比例地滴加 23g 醋酸乙烯酯和余下的过硫酸铵水溶液,加料完毕后升温至 90～95℃,保温 30min 至无回流为止。冷却至 50℃,加入 3mL 5% 碳酸氢铵水溶液,调整 pH 至 5～6,然后慢慢加入 3.4g 邻苯二甲酸二丁酯。搅拌冷却 1h,即得白色稠厚的乳液。

把 20g 去离子水、5g 10% 六偏磷酸钠水溶液以及 2.5g 丙二醇加入搪瓷杯中,开动高速均质搅拌机,逐渐加入 18g 钛白粉、8g 滑石粉、6g 碳酸钙,搅拌分散均匀后加入 0.3g 磷酸三丁酯,继续快速搅拌 10min,然后在慢速搅拌下加入 40g 聚醋酸乙烯乳液,直至搅匀为止,即得白色涂料。

最后的成品要求是白色稠厚流体,固含量为 50%,干燥时间为 25℃时表干 10min、实干 24h。

涂刷水泥石棉样板,观察干燥速率,测定白度、光泽,并做耐水性试验。

五、注意事项

1. 醋酸乙烯单体必须是新精馏过的。
2. 乳液聚合均用水溶性引发剂,如过硫酸盐和过氧化氢,本实验用的是过硫酸铵。

六、思考题

1. 分析配方中各种原料所起的作用。

2. 在搅拌颜料、填充颜料时为什么要用高速均质搅拌器高速搅拌？用普通搅拌器或手工搅拌对涂料性能有何影响？

3. 聚乙烯醇在本实验中起什么作用？

 实验十七 聚丙烯酸酯乳胶涂料的制备

一、实验目的

1. 熟悉聚丙烯酸酯乳液的合成方法，进一步熟悉乳液聚合的原理。
2. 了解聚丙烯酸酯乳胶涂料的性质和用途。
3. 掌握聚丙烯酸酯乳胶涂料的制备方法。

二、实验原理

聚丙烯酸酯乳胶涂料为黏稠液体，其耐候性、保色性、耐水性、耐碱性等性能均比聚醋酸乙烯乳胶涂料好。聚丙烯酸酯乳胶涂料是主要的外用乳胶涂料。由于聚丙烯酸酯乳胶涂料有许多优点，所以近年来品种和产量增长很快。

1. 聚丙烯酸酯乳液

聚丙烯酸酯乳液通常是指丙烯酸酯、甲基丙烯酸酯，有时也有用少量的丙烯酸或甲基丙烯酸等共聚的乳液。丙烯酸酯乳液与醋酸乙烯酯乳液相比有许多优点：对颜料的粘接能力强，耐水性、耐碱性、耐光性、耐候性均比较好，施工性能优良。在新的水泥或石灰表面上用聚丙烯酸酯乳胶涂料比用聚醋酸乙烯乳胶涂料好得多。因聚丙烯酸酯乳胶的涂膜遇碱皂化后生成的钙盐不溶于水，能保持涂膜的完整性。而醋酸乙烯乳液皂化后的产物是聚乙烯醇，是水溶性的。

各种不同的丙烯酸酯单体都能共聚，也可以和其他单体（如苯乙烯和醋酸乙烯等）共聚。乳液聚合一般和前述醋酸乙烯乳液相仿，引发剂常用的也是过硫酸盐。如用氧化还原法（如过硫酸盐-重亚硫酸钠等），单体可分三四次分批加入。

表面活性剂也和聚醋酸乙烯相仿，可以用非离子型或阴离子型的乳化剂。操作也可采取逐步加入单体的方法，主要是为了使聚合时产生的大量热能很好地扩散，使反应能均匀进行。在共聚乳液中也必须用缓慢均匀地加入混合单体的方法，以保证共聚物的均匀。

常用的乳液单体配比可以是丙烯酸乙酯 65%、甲基丙烯酸甲酯 33%、甲基丙烯酸 2%，或者是丙烯酸丁酯 55%、苯乙烯 43%、甲基丙烯酸 2%。甲基丙烯酸甲酯或苯乙烯都是硬单体，用苯乙烯可降低成本；丙烯酸乙酯或丙烯酸丁酯两者都是软性单体，但丙烯酸丁酯要比丙烯酸乙酯用量少些。

在共聚乳液中，加入少量丙烯酸或甲基丙烯酸，对乳液的冻融稳定性有帮助。此外，在生产乳胶涂料时加氨或碱液中和也起增稠作用。但在和醋酸乙烯共聚时，如制备丙烯酸丁酯 49%、醋酸乙烯 49%、丙烯酸 2% 的碱增稠的乳液时，单体应分两个阶段加入，在第一阶段加入丙烯酸和丙烯酸丁酯，在第二阶段加入丙烯酸丁酯及醋酸乙烯，因为醋酸乙烯和丙烯酸共聚时可能在反应中有酯交换发生，产生丙烯酸乙烯，它能起交联作用而使乳液的黏度不稳定。

2. 聚丙烯酸酯乳胶涂料

聚丙烯酸酯乳胶涂料的配制和聚醋酸乙烯酯涂料一样，除了颜料以外要加入分散剂、增稠剂、消泡剂、防霉剂、防冻剂等助剂，所用品种也基本上和聚醋酸乙烯酯乳胶涂料一样。

聚丙烯酸酯乳胶涂料由于耐候性、保色性、耐水耐碱性都比聚醋酸乙烯酯乳胶涂料要好些，因此主要用作制造外用乳胶涂料。在外用时钛白就需选用金红石型，着色颜料也需选用氧化铁等耐光性较好的品种。

分散剂都用六偏磷酸钠和三聚磷酸盐等，也有介绍用羧基分散剂如二异丁烯顺丁烯二酸酐共聚物的钠盐。增稠剂除聚合时加入少量丙烯酸、甲基丙烯酸加碱中和后起一定增稠作用外，还加入羧甲基纤维素、羟乙基纤维素、羟丙基纤维素等作为增稠剂。消泡剂、防冻剂、防锈剂、防霉剂和聚醋酸乙烯酯乳胶涂料一样，但作为外用乳胶涂料，防霉剂的量要适当多一些。

三、主要试剂和仪器

丙烯酸丁酯，甲基丙烯酸甲酯，甲基丙烯酸，烷基苯聚醚磺酸钠，过硫酸铵，非离子型表面活性剂，丙烯酸乙酯，亚硫酸氢钠，苯乙烯，丙烯酸，十二烷基硫酸钠，烷基酚聚氧乙烯醚，金红石型钛白粉，碳酸钙，云母粉，二异丁烯顺丁烯二酸酐共聚物，烷基苯基聚环氧乙烷，羧甲基纤维素，羟乙基纤维素，消泡剂，防霉剂，乙二醇，松油醇，丙烯酸酯共聚乳液（50%），碱溶丙烯酸酯共聚乳液（45%），氨水，颜料。

三口烧瓶（250mL），电动搅拌器，温度计（0～100℃），球形冷凝管，滴液漏斗（60mL），电热套，烧杯（250mL、800mL），水浴锅，点滴板。

四、实验步骤

下面介绍三个不同配方聚丙烯酸酯乳液的合成工艺（配方中各原料的用量均为质量分数，下同）。

【配方1】

试剂名称	用量
丙烯酸丁酯	33
甲基丙烯酸甲酯	17
甲基丙烯酸	1
水	63
烷基苯聚醚磺酸钠	1.5
过硫酸铵	0.2

操作：乳化剂在水中溶解后加热升温到60℃，加入过硫酸铵和10%的单体，升温至70℃，如果没有显著的放热反应，逐步升温直至放热反应开始，待温度升至80～82℃，将余下的混合单体缓慢而均匀地加入，约2h加完，控制回流温度，单体加完后，在30min内将温度升至97℃，保持30min，冷却，用氨水调pH至8～9。

【配方2】

试剂名称	第一部分	第二部分
水	1000	
非离子型表面活性剂	31.6	35
丙烯酸乙酯	253	283
甲基丙烯酸甲酯	168	188
甲基丙烯酸	4	5
过硫酸铵	0.5	0.6
亚硫酸氢钠	0.6	0.8

操作：将第一部分（除引发剂外）混合在一起，冷却至 15℃，将引发剂溶于少量水中分别加入，加热升温在 15min 左右升至 65℃，恒温 5min，冷却到 15～20℃后加第二部分混合单体和第二部分引发剂，再升温至 65℃，维持 1h，再冷却至 30℃以下，用氨水调节 pH 值至 9.5。实验时按配方的 1/10 加入。

【配方 3】

试剂名称	用量
苯乙烯	25
丙烯酸丁酯	25
丙烯酸	1
过硫酸铵	0.2
十二烷基硫酸钠	0.25
烷基酚聚氧乙烯醚	1.0
水	50

操作：用烧杯将表面活性剂溶解在水中加入单体，在强力的搅拌下，使之乳化成均匀的乳化液，取 1/6 乳化液放入三口烧瓶中，加入引发剂的 1/2，慢慢升温至放热反应开始，将温度控制在 70～75℃之间，慢慢连续地加入乳化液，并每小时补加部分引发剂控制热量平衡，使温度和回流速度保持稳定，加完单体后升温至 95～97℃，恒温 30min，或抽真空除去未反应的单体，冷却，用氨水调 pH 至 8～9。

上述介绍了三个不同的配方和三个不同的操作方法，这是几个典型的例子，可变的地方是很多的。

【配方 1】和【配方 2】用甲基丙烯酸甲酯为硬单体，而分别用丙烯酸丁酯和丙烯酸乙酯为塑性单体，丙烯酸乙酯的用量比丙烯酸丁酯大些。【配方 3】用苯乙烯硬性单体代替甲基丙烯酸甲酯，价格可便宜很多，基本上也能达到外用乳胶漆的要求。也可以采用其他不同的单体，调整其配比来达到相近的质量要求。

另外，这三个配方的操作工艺也不同。【配方 2】的工艺不用连续加单体的方法，而用两步或三步分批加单体的方法，虽有优点，但操作控制比较困难。通常用氧化还原法在较低的温度反应。【配方 3】用单体和乳化剂水溶液乳化，再通过连续加乳化液的方法进行乳液聚合，这样乳液的颗粒度比较均匀，但增加一道先乳化的工序。表 2-2 给出了几个聚丙烯酸酯乳胶涂料的典型配方。

配方的原则与前述聚醋酸乙烯酯乳胶涂料相同，钛白的用量视对遮盖力高低的要求来变动，内用的考虑白度，遮盖力多些，颜料含量高些；外用的要考虑耐候性，乳液的用量相对要大些。在木材表面，要考虑木材木纹温度不同时胀缩很厉害，因此颜料含量要低些，多用些乳液。

聚丙烯酸酯乳胶涂料的配制与聚醋酸乙烯乳胶涂料配制方法相同，此不阐述。

五、注意事项

1. 乳液配制时要严格控制温度和反应时间。

2. 加入单体时要缓慢滴加，否则要产生暴聚而使合成失败。

3. 乳液的 pH 值一定要控制好，否则乳液不稳定。

4. 涂料的配方与聚醋酸乙烯酯乳胶涂料相仿。所不同的是碱溶丙烯酸酯共聚乳液必须用少量水冲淡后加氨水调 pH 至 8～9，才能溶于水中。可在磨颜料浆时作为分散剂一起加入。

表 2-2   几个聚丙烯酸酯乳胶涂料的典型配方

项　　目	底漆腻子	白色内用面漆	外用水泥表面用漆	外用木器底漆
金红石型钛白粉	7.5	36	20	15
碳酸钙	20	10	20	16.5
云母粉				2.5
二异丁烯顺丁烯二酸酐共聚物	0.8	1.2	0.7	0.8
烷基苯基聚环氧乙烷	0.2	0.2	0.2	0.2
羟乙基纤维素				0.2
羧甲基纤维素				0.2
消泡剂	0.2	0.5	0.3	0.2
防霉剂	0.1	0.1	0.8	0.2
乙二醇		1.2	2.0	2.0
松油醇				0.3
丙烯酸酯共聚乳液(50%)	34	24	40	40
碱溶丙烯酸酯共聚乳液(45%)	2.8	1.5		
水	34.4	25.3	15.8	22.1
pH(氨水调)	8～9	8～9	8～9	9.4～9.7
基料：颜料	1：1.5	1：2	1：3.6	1：1.7

六、思考题

1. 聚丙烯酸酯乳胶涂料有哪些优点？主要应用于哪些方面？
2. 影响乳液稳定的因素有哪些？如何控制？

第六节　助剂和其他

助剂是指在化工生产过程中或化工产品的使用过程中的辅助物质，主要分为：印染助剂、塑料助剂、橡胶助剂、水处理剂、纤维抽丝油剂、有机抽提剂、高分子聚合物添加剂、皮革助剂、农药用助剂、油田用助剂、混凝土用添加剂等。

受篇幅限制，本节选择了两种助剂进行介绍。

 实验十八　增塑剂邻苯二甲酸二辛酯的合成

一、实验目的

1. 了解邻苯二甲酸二辛酯的主要性质和用途。

2. 掌握邻苯二甲酸二辛酯的合成原理和合成方法。

二、实验原理

邻苯二甲酸二辛酯，代号 DOP，化学名称为邻苯二甲酸二（2-乙级）己酯，结构式为：

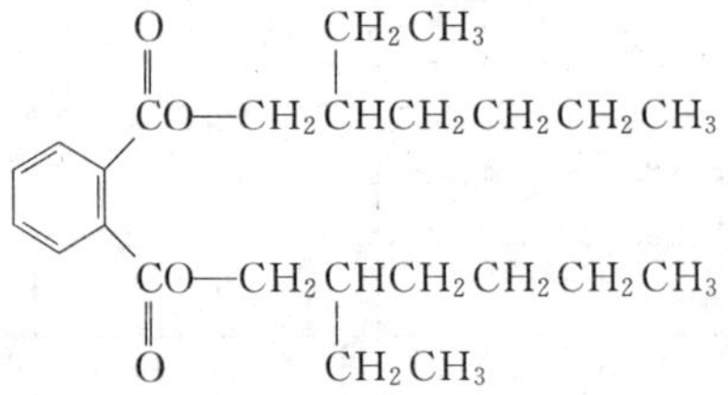

邻苯二甲酸二辛酯是具有特殊气味的无色油状液体，相对密度为 0.986（20℃），折射率为 1.485（25℃），沸点为 386.9℃，熔点为－55℃，水中溶解度＜0.2%（25℃），微溶于甘油、乙二醇和一些胺类，溶于大多数有机溶剂。

邻苯二甲酸二辛酯是使用最广泛的增塑剂，除了醋酸纤维素、聚醋酸乙烯外，与绝大多数工业上使用的合成树脂和橡胶均有良好的相溶性。该产品具有良好的综合性能：混合性能好，增塑效率高，挥发性较低，低温柔软性较好，耐水抽出，电气性能高，耐热性和耐候性良好。它作为一种主增塑剂，广泛应用于聚氯乙烯各种软质制品的加工，如薄膜、薄板、人造革、电缆料和模塑品等。邻苯二甲酸二辛酯无毒，可用于与食物接触的包装材料，但由于易被脂肪溶出，故不宜用于脂肪性食品的包装材料。其还可用于硝基纤维素漆，使漆膜具有弹性和较高的抗张强度。在多种合成橡胶中，邻苯二甲酸二辛酯亦有良好的软化性能。

邻苯二甲酸二辛酯由苯酐和 2-乙基己醇在硫酸催化下减压酯化而成。其反应式为：

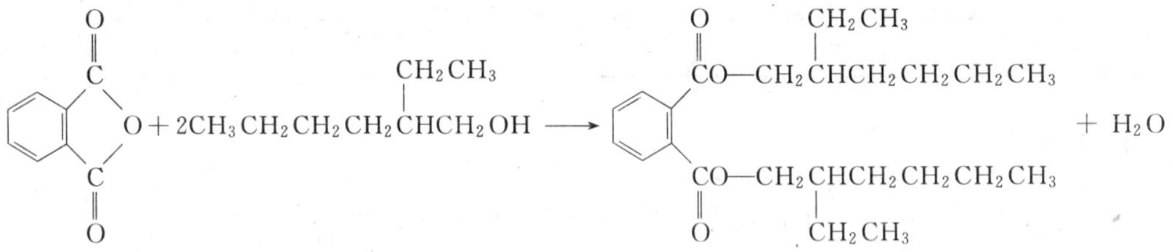

酯化完全后的反应混合物用碳酸钠溶液中和，中和时发生的反应为：

$$ROSO_3H + Na_2CO_3 \longrightarrow ROSO_3Na + NaHCO_3$$
$$ROSO_3Na + Na_2CO_3 + H_2O \longrightarrow ROH + Na_2SO_4 + NaHCO_3$$

三、主要试剂和仪器

苯酐，2-乙基乙醇，浓硫酸，活性炭，碳酸钠。

三口烧瓶（250mL），球形冷凝管，玻璃水泵，缓冲瓶，温度计（0～100℃），量筒（100mL），烧杯（200mL），布氏漏斗，分液漏斗，抽滤瓶（500mL），分馏装置，电热套。

四、实验步骤

将 25g 苯酐加入三口烧瓶中，再加入 50g 2-乙基己醇和 0.2～0.3mL 浓硫酸，加热至150℃，减压酯化（真空度为 9.332×10^5 Pa），酯化时间约 3h，随时分出酯化反应的水，酯化的同时加入 0.1g 的活性炭。酯化完后将粗 DOP 倒入烧杯中。

往烧杯中加入饱和的碳酸钠溶液中和至 pH 为 7～8，再加入 50mL 的 80～85℃ 的热水洗涤两次。分离后将粗酯倒入分馏烧瓶中并加入少量的活性炭。然后加热，减压（真空度为 9.332×10^5 Pa）蒸出水和未反应的 2-乙基己醇，温度控制在 190℃ 左右。为提高纯度可再蒸馏一次。最后过滤活性炭即得产品。

五、注意事项

1. 反应温度与 2-乙基己醇有关，反应物应沸腾，但温度不可过高，防止由醇脱水生成醚和烯等副反应发生。

2. 减压酯化有利于反应进行，可加入水的共沸剂（如苯、甲苯、环己烯等），以降低反应的温度。

六、思考题

1. 采用哪些工艺措施可减少酯化反应的副反应和提高 DOP 的纯度？
2. 为什么要将酯化反应中的水及时分出？
3. DOP 有哪些用途？

 实验十九 石油采油助剂胶体聚丙烯酰胺的合成及水解度的测定

一、实验目的

1. 了解由丙烯酰胺合成聚丙烯酰胺的原理及操作方法。
2. 了解聚丙烯酰胺在碱性条件下的水解反应。
3. 掌握一种测定水解度的方法。

二、实验原理

胶体聚丙烯酰胺别名絮凝剂聚丙烯酰胺，简称 PAM，化学式为：

$$\left[\begin{array}{c} \underset{|}{\overset{H}{C}} - \underset{|}{\overset{H}{C}} \\ H \quad C=O \\ \quad | \\ \quad NH_2 \end{array} \right]_n$$

它是一种无色或淡黄色黏稠体，可溶于水，几乎不溶于有机溶剂。聚丙烯酰胺是一种具有良好的降失水、增稠、絮凝和降磨阻等特性的油田化学助剂，在采油、钻井堵水、调剂、酸化、压裂、水处理等方面已经得到广泛的应用，还可用作纸张增强、纤维改性、纺织浆料、纤维糊料、土壤改良、树脂加工和分散等方面。

聚丙烯酰胺是由丙烯酰胺在引发剂作用下聚合而成：

$$n \ CH_2{=}CH{-}\overset{O}{\overset{\|}{C}}{-}NH_2 \xrightarrow{\text{引发剂}} \left[\begin{array}{c} \underset{|}{\overset{H}{C}} - \underset{|}{\overset{H}{C}} \\ H \quad C=O \\ \quad | \\ \quad NH_2 \end{array} \right]_n$$

反应是按自由基机理进行的，随着反应的进行，分子链增长，当分子链增长到一定程度后，反应体系黏度明显增大，聚丙烯酰胺在碱性条件下可发生水解，生成部分水解聚丙烯酰胺：

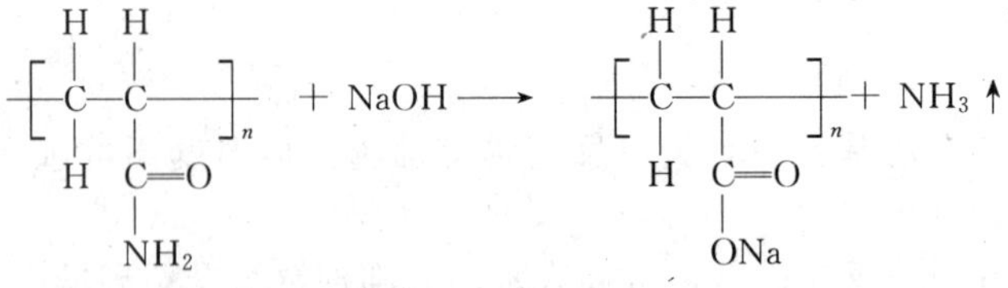

随着水解反应的进行，有氨气放出，并产生带负电的链节，使部分水解聚丙烯酰胺在水中呈伸展的构象，体系黏度增大。由水解反应可知，聚丙烯酰胺在水解过程中消耗的 NaOH 与生成的—COONa 摩尔数相等，故水解时定量加入 NaOH，水解完成后测定体系中剩余的 NaOH，即可计算出部分水解聚丙烯酰胺的水解度。

$$DH = \frac{(n-2cV) \times 71}{wm \times 1000} \times 100\%$$

式中　DH——部分水解聚丙烯酰胺的水解度，%；

　　　n——加入 NaOH 的量，mol；

　　　c——硫酸标准溶液的浓度，mol/L；

　　　V——硫酸标准溶液的用量，mL；

　　　w——溶液中相当于聚丙烯酰胺的质量分数；

　　　m——取出被滴定试液的质量，g。

三、主要试剂和仪器

丙烯酰胺，酚酞指示剂，10% NaOH 溶液，过硫酸铵，硫酸标准溶液，聚丙烯酰胺粉末。

恒温水浴，酸式滴定管，分析天平，搅拌棒，托盘天平，移液管（2mL、10mL），烧杯（200mL），量筒（100mL），温度计（0~100℃）。

四、实验步骤

称取 5g 丙烯酰胺，放入 200mL 烧杯中，加入 45mL 蒸馏水，得到 10% 丙烯酰胺溶液。在恒温水浴中，将上述溶液加热至 60℃，然后加入 15 滴 10% 过硫酸铵溶液，引发丙烯酰胺聚合反应。在聚合反应过程中，慢慢搅拌，注意观察温度变化。30min 以后停止加热，得到聚丙烯酰胺水溶液。

称取 2g 聚丙烯酰胺粉末，放入 200mL 烧杯中，加入 150mL 蒸馏水，并用移液管加入 4mL 10% 的 NaOH 溶液，连续搅拌均匀后，称重记录。将水浴温度调至 90℃，使其进行水解反应。在水解过程中，慢慢搅拌，观察黏度变化，并检查氨气的放出情况，每隔 30min 取 4g 样品（准确称至 0.01g），测定水解度。要求至少水解 2~3h。

注：第一次取样前应向反应液中加水，使其等于水解前的质量；以后每次取样前均须加水，使水解溶液量等于水解前的量减去取出试样的累积量。

五、思考题

1. 聚丙烯酰胺为什么在碱性条件下能发生水解？
2. 举例说明聚丙烯酰胺在油田上的应用。
3. 如何解释实验中观察到的现象？

 **实验二十　固体酒精的制备**

一、实验目的

掌握固体酒精的制备原理和实验方法。

二、实验原理

酒精的学名是乙醇，易燃，燃烧时无烟无味，安全卫生。由于酒精是液体，较易挥发，携带不便，所以作燃料具有一定的缺陷。如果做成固体酒精，则降低了挥发性能，并且易于包装和携带，使用更加安全。固体酒精特别适宜用作火锅燃料和室外野炊的热源，是饭店、旅行者、地质人员、部队及其他野外作业者的必备品。

利用硬脂酸钠受热时软化，冷却后又重新固化的性质，将硬脂酸钠和液态酒精搅拌共热，充分混合，冷却后硬脂酸钠将酒精包裹其中，成为固体产品。若在产品中加入虫胶、石蜡等物料作为黏结剂，可以得到质地更加结实的固体酒精。由于所用的添加剂均为可燃的有机化合物，不仅不影响酒精的燃烧性能，而且可以燃烧得更为持久并释放更多的热能。

三、主要试剂和仪器

酒精（工业用的酒精≥95%），氢氧化钠，硬脂酸，虫胶片，固体石蜡，沸石。

电炉（0~1000W可调），水浴锅（500mL），球形冷凝管，250mL三口烧瓶，温度计（0~100℃），秒表，燃烧烧杯（100mL），模具（200mL）。

四、实验步骤

1. 方法一

称取0.8g（0.02mol）氢氧化钠，迅速研碎成小颗粒，加入250mL的三口烧瓶中，再加入1g虫胶片、80mL酒精和数粒小沸石，装好回流冷凝管，水浴加热回流至固体全部溶解为止。在100mL烧杯中加入5g（约0.02mol）硬脂酸和20mL酒精，在水浴上温热，硬脂酸全部溶解，然后从冷凝管上端将烧杯中的物料加入含有氢氧化钠、虫胶片和酒精的三口烧瓶中，摇动使其混合均匀，回流不同时间后撤去水浴，反应混合物自然冷却，待降温到50℃时倒入模具中，加盖以避免酒精挥发，冷至室温后完全固化，从模具中取出即得到成品。

对不同回流时间的产品进行燃烧实验，并进行比较。

2. 方法二

向250mL三口烧瓶中加入9g（约0.035mol）硬脂酸、2g石蜡、50mL酒精和数粒小沸石，装好回流冷凝管，在水浴上加热约60℃并保温至固体全部溶解为止。将1.5g（约0.037mol）氢氧化钠和13.5g水加入100mL烧杯中，搅拌溶解后再加入25mL酒精，搅匀。将碱液加入含硬脂酸、石蜡、酒精的三口烧瓶中，在水浴上加热回流15min使反应完全，移去水浴，待物料稍冷而停止回流时，趁热倒入模具，冷却后取出成品，进行燃烧实验。

五、注意事项

回流反应时间一定不可太短，否则反应液混合效果不好。

实验二十一　茶叶中提取咖啡因

一、实验目的

1. 学习咖啡因的结构、提取原理和提取方法。
2. 掌握索氏提取器的操作技能。
3. 掌握升华的操作技能。

二、实验原理

茶叶中含有多种生物碱，其中以咖啡因为主，占 1%～5%。另外单宁酸占 11%～12%，色素、纤维素、蛋白质等约占 0.6%。咖啡因是杂环化合物嘌呤的衍生物，其化学名称为 1, 3,7,-三甲基-2,6-二氧嘌呤，结构式如下：

嘌呤　　　　　　　咖啡因

咖啡因是弱碱性化合物，易溶于氯仿、水、乙醇及热苯等。含有结晶水的咖啡因是无色针状结晶，味苦，能溶于水、乙醇、丙酮、氯仿等，微溶于石油醚。在 100℃时失去结晶水并开始升华，120℃时升华相当显著，178℃时升华很快。

从茶叶中提取咖啡因，是用适当的溶剂（氯仿、乙醇、苯等）在索氏提取器中连续抽提，然后浓缩而得到粗咖啡因。粗咖啡因中还含有一些其他的生物碱和杂质，可利用升华进一步提纯。

三、主要试剂和仪器

茶叶，乙醇（95%），生石灰。
索氏提取器，圆底烧瓶，玻璃漏斗，蒸发皿。

四、实验步骤

按照图 2-3 所示安装好索氏提取器。称取茶叶末 10g，放入提取器的滤纸套筒中，在圆底烧瓶内加入 80mL 的 95%乙醇，用水浴加热。连续提取 2～3h 后，待冷凝液刚刚虹吸下去立即停止加热。然后改成蒸馏装置，回收抽取液中的大部分乙醇。再把残叶倾入蒸发皿中，搅入 3～4g 生石灰，在蒸汽浴上蒸干，最后将蒸发皿移至电炉上焙炒片刻，务必使水分全部除去。冷却后，擦去沾在边上的粉末，以免在升华时污染升华的气体。当纸上出现白色毛状结晶时，暂停加热，冷至 100℃左右，揭开滤纸和漏斗，仔细地把附在纸上和器皿周围的咖啡因用刀刮下，残渣经拌合后用较大的火再加热片刻，使升华完全。合并两次收集的咖啡因，测定熔点。若产品不纯时，可用少量的热水重结晶提纯（或放入微量升华管中再次升华）。

五、注意事项

1. 安装时要求圆底烧瓶与索氏提取器均应固定在铁架台上，做到平稳、接口严密。

2. 滤纸套大小既要紧贴器壁又要方便放置，其高度不得超过虹吸管；滤纸包茶叶末时要严防漏出而堵塞虹吸管，纸套上面盖一层滤纸，以保证回流液均匀浸润被提取物。

3. 回流提取时，应控制好加热的速率。当提取液的颜色很淡时，即可停止提取。

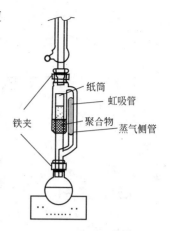

图 2-3　索氏提取器

4. 乙醇不可蒸得太干，否则残液很黏，转移时损失较大。

5. 拌生石灰粉时要均匀，使成糊状。生石灰起吸水和中和作用，以除去部分酸性杂质。

6. 小火焙炒时要勤翻动，使水分全部除去而又不至烧焦炭化。

7. 加热升华时温度要逐渐升高并严格控制，当滤纸上出现许多白色针状结晶时可暂停加热。升华操作是实验成功的关键。升华过程中始终都应严格控制用小火间接加热，如温度太高，会发生炭化，从而将一些有色物带入产物；温度低，咖啡因又不能升华。注意温度计应放在合适的位置而正确反映出升华的温度。如无砂浴，也可用简易空气浴加热升华，即将蒸发皿底部稍离开石棉网进行加热。并在附近悬挂温度计指示升华温度。

8. 第一次升华后的残渣留有水量水分，会在下一步升华开始时带来一些烟雾。

六、思考题

1. 提取咖啡因时用到生石灰，它起什么作用？

2. 从茶叶中提取出的粗咖啡因有绿色光泽，为什么？

第三部分　常用仪器的使用

第一节　泡沫性能的测定——罗氏泡沫仪的使用

一、作用原理

　　泡沫稳定性是泡沫的主要性能，表面活性剂（或其他的起泡剂）的起泡性能亦属于与泡沫有关的重要性质。因而，一般泡沫性能的测定主要是对稳定性和起泡性进行研究。

　　泡沫稳定性的测定方法很多。根据成泡的方式主要分为两类：气流法和搅动法。在生产及实验室中，比较方便而又准确地测量泡沫性能是使用"倾注法"，它属于搅动法一类。

二、操作步骤

　　（1）用蒸馏水将柱洗刷两次。

　　（2）控制恒温槽的温度在（50±0.1）℃，然后将循环恒温水通过恒温槽打入仪器的外套管中，使测定在恒温条件下进行。

　　（3）将盛有待测溶液的容量瓶放于恒温槽中，以保持一定温度。

　　（4）恒温后，沿柱内壁缓缓地加入待测溶液至 50mL 刻度处，并将吸满待测溶液的泡沫移液管垂直夹牢，使其下端与柱子的刻度相齐。

　　（5）打开泡沫移液管的旋塞使溶液全部流下，待溶液流至 250mL 刻度处，记录一次泡沫高度，测量三次取平均值。

第二节　气相色谱分析（SP-6890 气相色谱操作规程）

一、氢火焰检测（FID）

1. 开机

　　（1）打开 H_2、N_2 和空气钢瓶开关（阀门），其中 H_2 的开关方向与 N_2 和空气的开关方向相反。

　　（2）将 H_2、N_2 和空气分别连接在色谱上（按设备上标示连接）。

　　（3）接好柱子。气化室（左边）：填充柱接色谱的 1、2 接口，毛细柱接第 3 个接口。检测器（右边）：填充柱接色谱的 1、3 接口，毛细柱接第 2 个接口。

　　（4）通气。填充柱开载气Ⅰ、载气Ⅱ；毛细柱开柱头压 0.05MPa，尾吹气 0.04MPa 左右，分流 30～40mL/min，吹扫 3～5s。

（5）升温。毛细柱：升检测器 I 温度、气化室 II 温度和柱温。升检测器 I 温度的操作为：按检测器 I，输入温度数字，最后按输入（察看温度操作：按检测器 I，按显示）。升气化室 II 温度的操作为：按气化室 II，输入温度数字，最后按输入（察看温度操作：按气化室 II，按显示）。升柱温的操作为：按柱温，输入温度数字，最后按输入（察看温度操作：按柱温，按显示）。填充柱：升检测器 I 温度、气化室 I 温度和柱温，操作同上；气化室温度一般比柱温高 20～30℃。

（6）点火。毛细柱：开 H_2 II 到 0.05MPa，空气 II 到 0.1MPa，先把 H_2 的气量开大，火点着后再降到 0.05MPa。填充柱：用前一路开 H_2 I 到 0.05MPa，空气 I 到 0.1MPa，用后一路开 H_2 II 到 0.05MPa，空气 II 到 0.1MPa；待基线稳定后可以进样。

（7）参数。Polarity＝1（＋），0（－）；改变峰方向用 ramy；改变量程（灵敏度）用 0、1、10、100、1000，数据越大灵敏度越大。

2. 关机

（1）灭火：关闭氢气和空气阀门。

（2）降温：设定为常温，按检测器 I，再按数字如 1 或 20（也可以按清除），最后按输入，气化室 II 和柱温同检测器 I 操作。察看温度则按检测器 I，再按显示。

（3）待温度降到室温或 1，关闭电源开关。

（4）关闭气源（待温度降下后关氮气）。

二、热导（TCD）

1. 开机

（1）首先把氢气连接在仪器的载气上。

（2）接好柱子。气化室接口（左边）1、2，检测器接口（右边）2、4。

（3）通气。通载气 I 和载气 II，从仪器后面放空处测气体流速为 30～50mL/min。

（4）升温。设定气化室 I 温度，检测器 III 温度和柱温，气化室温度一般高于柱温 20～40℃。

（5）温度稳定后设定桥流，并按一下按钮开关，仪器稳定后可以进样。

2. 关机

（1）桥流设定为 0 或 1。

（2）降温：把温度设定为 1 或室温或按清除 ［M（如柱温＋显示＋清除）］。

（3）关闭气源。

 **第三节** 表面张力的测定——JZHY-180 界面张力仪

一、作用原理

表面张力是液体的基本性质，尤其是表面活性剂水溶液的性质。测定表面活性剂表面张力的方法很多，这里主要介绍拉起液膜法。

界面张力仪是一种用物理方法代替化学方法的简单易行的测试仪器。用界面张力仪可以迅速准确地测定各种液体的表面张力值。

界面张力仪的结构主要由扭力丝、铂金环、支架、拉杆架、涡轮副等组成。使用时通过涡轮副的旋转对钢丝施加扭力，并使该扭力与溶液表面接触的铂金环对液体的表面张力相平衡。当扭力继续增加，液面被拉破时，钢丝扭转的角度用刻度盘上的游标指示出来。此值就是 P 值，用 mN/m（毫牛顿/米）表示，最后 P 值乘以校正因子 F，即得液体实际表面张力值。

二、操作步骤

1. 准备工作

将仪器放在平稳的地方，调节螺母 E，把仪器调到水平状态，使横梁上的水准泡位于中央位置。将铂金环放在吊杆端的下末端，把小纸片放在铂金环的圆环上，把臂的制止器 J 和 K 打开，调好放大镜，使臂上的指针 L 与反射镜上的红线重合。如果刻度盘上的游标正好指示为零，则可进行下一步。如果不指示为零，可以旋转微调涡轮把手 P 进行调整。用质量法校正。在铂金环圆环的小纸片上放一定质量的砝码，使指针与红线重合时，游标指示正好与计算值一致。若不一致可调节臂 F 和 G 的长度，臂的长度可以用两臂上的两个手母来调整。调整时这两个手母必须是等值地旋转，以便使臂保持相同的比例，保证铂金环在试验中垂直地上下移动，再通过游码 C 的前后移动达到调整结果。

具体方法是将 $0.5 \sim 0.8$g 的砝码放在铂金环的小纸片上，旋转涡轮把手，直到指针 L 与反射镜上的红线精确地重合。记下刻度盘上的读数（精确到 0.1 分度）。如果用 0.8g 的砝码，刻度盘上的读数为：

$$P = \frac{mg}{2L} = \frac{0.8 \times 980.17}{2 \times 6} = 65.3 \text{dyn/cm} = 65.3 \text{mN/m}$$

如记录的读数比计算值大，应调节杠杆臂的两个手母，使两臂的长度等值缩短，如过小，应使臂的长度伸长。如此重复几次，直至刻度盘上的读数与计算值一致为止。在测量以前，应把铂金环和玻璃杯仔细地用洗涤剂进行清洗。

2. 表面张力的测定

将铂金环插在吊杆臂上，把被测溶液倒入玻璃杯中，高为 $20 \sim 25$cm，将玻璃杯放在样品座的中间位置上，旋转螺母 B，铂金环上升到溶液表面，且使臂上的指针与反射镜上的红线重合。用旋转螺母 B 和涡轮把手 M 来增加钢丝的扭力。保持指针 L 始终与红线重合，直至薄膜破裂时，刻度盘上的读数指出了溶液的表面张力值。测定三次，取平均值。

3. 实际表面张力的校正

由于在测定过程中液体表面将变形，由中心到破裂的半径小于环的平均半径。这种影响用环半径和铂金丝的半径比给出，少量液体黏附在环下部也会影响表面张力，因此，实际的表面张力应由测定的表面张力值 P 乘以一个校正因子 F。

$$F = 0.7250 + \sqrt{\frac{0.01452P}{C^2(D-d)} + 0.04534 - \frac{1.679}{\frac{R}{r}}}$$

式中　C——环的周长，6cm；

　　　D——液体的密度；

　　　d——气体的密度；

R——环的半径，0.955cm；

r——铂金丝的半径，0.03cm；

P——刻度盘的读数。

仪器使用完毕，铂金环取下清洗后放好，扭力应处于不受力的状态，杠杆臂应用偏心轴和夹板固定好。

附　　录

附录一　常用试剂的相对密度和质量分数

一、盐酸

HCl 的质量分数/%	相对密度 (d_4^{20})	100mL 溶液中含 HCl 的质量/g	HCl 的质量分数/%	相对密度 (d_4^{20})	100mL 溶液中含 HCl 的质量/g
1	1.0032	1.003	20	1.0980	21.96
2	1.0082	2.006	22	1.1083	24.38
4	1.0181	4.007	24	1.1187	26.85
6	1.0279	6.167	26	1.1290	29.35
8	1.0376	8.301	28	1.1392	31.90
10	1.0474	10.47	30	1.1492	34.48
12	1.0574	12.69	32	1.1593	37.10
14	1.0675	14.95	34	1.1691	39.75
16	1.0776	17.24	36	1.1789	42.44
18	1.0878	19.58	38	1.1885	45.16

二、硫酸

H_2SO_4 的质量分数/%	相对密度 (d_4^{20})	100mL 溶液中含 H_2SO_4 的质量/g	H_2SO_4 的质量分数/%	相对密度 (d_4^{20})	100mL 溶液中含 H_2SO_4 的质量/g
1	1.0051	1.035	65	1.5533	101.0
2	1.0118	2.024	70	1.6105	112.7
3	1.0184	3.055	75	1.6692	125.2
4	1.0250	4.100	80	1.7272	138.2
5	1.0317	5.159	85	1.7786	151.2
10	1.0661	10.66	90	1.8144	163.3
15	1.1020	16.53	91	1.8195	165.6
20	1.1394	22.79	92	1.8240	167.8
25	1.1783	29.46	93	1.8279	170.2
30	1.2185	36.56	94	1.8312	172.1
35	1.2509	44.10	95	1.8337	174.2
40	1.3028	52.11	96	1.8355	176.2
45	1.3476	60.64	97	1.8364	178.1
50	1.3951	69.76	98	1.8361	179.9
55	1.4453	79.49	99	1.8342	181.6
60	1.4983	89.90	100	1.8305	183.1

三、硝酸

HNO₃ 的质量分数/%	相对密度 (d_4^{20})	100mL 溶液中含 HNO₃ 的质量/g	HNO₃ 的质量分数/%	相对密度 (d_4^{20})	100mL 溶液中含 HNO₃ 的质量/g
1	1.0036	1.004	65	1.3913	90.43
2	1.0091	2.018	70	1.4134	98.94
3	1.0146	3.044	75	1.4337	107.5
4	1.0201	4.080	80	1.4521	116.2
5	1.0256	5.128	85	1.4686	124.8
10	1.0543	10.64	90	1.4826	133.4
15	1.0842	16.26	91	1.4850	135.1
20	1.1150	22.30	92	1.4873	136.8
25	1.1469	28.67	93	1.4892	138.5
30	1.1800	36.40	94	1.4912	140.2
35	1.2140	42.49	95	1.4932	141.9
40	1.2463	49.85	96	1.4952	143.5
45	1.2783	57.52	97	1.4974	145.2
50	1.3100	65.50	98	1.5008	147.1
55	1.3393	73.66	99	1.5056	149.1
60	1.3667	82.00	100	1.5129	151.3

四、发烟硫酸

游离 SO₃ 的质量分数/%	相对密度 (d_{20}^{20})	100mL 溶液中游离 SO₃ 的质量/g	游离 SO₃ 的质量分数/%	相对密度 (d_{20}^{20})	100mL 溶液中游离 SO₃ 的质量/g
1.54	1.860	2.8	10.07	1.900	19.1
2.66	1.855	5.0	10.56	1.905	20.1
4.28	1.870	8.0	11.43	1.910	21.8
5.44	1.875	10.2	13.33	1.915	25.5
6.42	1.880	12.1	15.95	1.920	30.6
7.29	1.885	13.7	18.67	1.925	35.0
8.16	1.890	15.4	21.34	1.930	41.2
9.43	1.895	17.7	26.65	1.935	49.6

五、氨水

NH₃ 的质量分数/%	相对密度 (d_4^{20})	100mL 溶液中游离 NH₃ 的质量/g	NH₃ 的质量分数/%	相对密度 (d_4^{20})	100mL 溶液中游离 NH₃ 的质量/g
1	0.9939	9.94	16	0.9362	149.8
2	0.9895	19.79	18	0.9295	167.3
4	0.9811	39.24	20	0.9229	184.6
6	0.9730	53.38	22	0.9164	201.6
8	0.9651	77.21	24	0.9101	218.4
10	0.9575	95.75	26	0.9040	235.0
12	0.9501	114.0	28	0.8980	251.4
14	0.9430	132.0	30	0.8920	267.6

六、氢氧化钠

NaOH 的质量分数/%	相对密度 (d_4^{20})	100mL 溶液中游离 NaOH 的质量/g	NaOH 的质量分数/%	相对密度 (d_4^{20})	100mL 溶液中游离 NaOH 的质量/g
1	1.0095	1.010	26	1.2848	33.40
2	1.0207	2.041	28	1.3064	36.58
4	1.0428	4.171	30	1.3279	39.84
6	1.0648	6.389	32	1.3490	43.17
8	1.0869	8.695	34	1.3696	46.57
10	1.1089	11.00	36	1.3900	50.04
12	1.1309	13.57	38	1.4101	53.58
14	1.1530	16.14	40	1.4300	57.20
16	1.1751	18.80	42	1.4494	60.87
18	1.1972	21.55	44	1.4685	64.61
20	1.2191	24.38	46	1.4873	68.42
22	1.2411	27.30	48	1.5065	72.31
24	1.2629	30.31	50	1.5263	76.27

七、氢氧化钾

KOH 的质量分数/%	相对密度 (d_4^{20})	100mL 溶液中游离 NaOH 的质量/g	KOH 的质量分数/%	相对密度 (d_4^{20})	100mL 溶液中游离 NaOH 的质量/g
1	1.0083	1.008	26	1.2489	32.47
2	1.0175	2.035	28	1.2695	35.55
4	1.0359	4.144	30	1.2905	38.72
6	1.0544	6.326	32	1.3117	41.97
8	1.0730	8.584	34	1.3331	45.33
10	1.0918	10.92	36	1.3549	48.78
12	1.1108	13.33	38	1.3769	52.32
14	1.1299	15.82	40	1.3991	55.96
16	1.1493	19.70	42	1.4215	59.70
18	1.1688	21.04	44	1.4443	63.55
20	1.1884	23.77	46	1.4673	67.50
22	1.2083	26.58	48	1.4997	71.55
24	1.2285	29.48	50	1.5143	75.72

八、碳酸钠

Na$_2$CO$_3$ 的质量分数/%	相对密度 (d_{40}^{20})	100mL 溶液中游离 Na$_2$CO$_3$ 的质量/g	Na$_2$CO$_3$ 的质量分数/%	相对密度 (d_{40}^{20})	100mL 溶液中游离 Na$_2$CO$_3$ 的质量/g
1	1.0086	1.009	12	1.1244	13.49
2	1.0190	2.038	14	1.1463	16.05
4	1.0398	4.159	16	1.1682	18.50
6	1.0606	6.364	18	1.1995	21.33
8	1.0816	8.653	20	1.2132	24.26
10	1.1029	11.03			

附录二　各类有机物常用干燥剂

化合物类型	干　燥　剂	化合物类型	干　燥　剂
烃	$CaCl_2$,Na,P_2O_5	酮	K_2CO_3,$CaCl_2$,$MgSO_4$,Na_2SO_4
卤代烃	$CaCl_2$,$MgSO_4$,Na_2SO_4,P_2O_5	酸、酚	$MgSO_4$,Na_2SO_4
醇	K_2CO_3,$MgSO_4$,CaO,Na_2SO_4	酯	$MgSO_4$,Na_2SO_4,K_2CO_3
醚	$CaCl_2$,Na,P_2O_5	硝基化合物	$CaCl_2$,$MgSO_4$,Na_2SO_4
醛	$MgSO_4$,Na_2SO_4		

参 考 文 献

[1] 冷士良.精细化工实验技术.第2版.北京：化学工业出版社，2009.

[2] 王培义.化学工程与工艺专业实验（精细化工方向）.北京：化学工业出版社，2008.

[3] 陶春元.精细化工实验技术.北京：化学工业出版社，2009.

[4] 徐英梅.双语精细化工实验教程.北京：化学工业出版社，2008.